DER BESTE FREUND

ROY JACOBY

W0336972

Copyright © 2019 by Roy Jacoby
Roy Jacoby
15370 Fredersdorf-Vogelsdorf
E-Mail: roy@royjacoby-autor.de

Der beste Freund
1. Auflage

Coverdesign: eBookerei
Covergrafiken: Depositphotos, Kjpargeter / Freepik
Lektorat: C. Ellerdahl
Korrektor: T. Teufel

Das Werk, Cover und Titel sind urheberrechtlich geschützt.
Alle Rechte sind vorbehalten.
Jede unautorisierte Verwertung, Vervielfältigung, Übersetzung sowie Einspeicherung und Verarbeitung in elektronische Systeme ist unzulässig und wird strafrechtlich verfolgt

Alle Personen, Orte und die Handlung in diesem Buch sind frei erfunden. Ähnlichkeiten zu realen Personen und Orten sind zufällig und nicht beabsichtigt. Genannte Markennamen und Warenzeichen sind Eigentum der jeweiligen Eigentümer.

Für meine Frau Antje, die mir immer den Rücken frei gehalten hat, damit ich meinen Traum erfüllen konnte. Danke! Ich liebe dich über alles.

PROLOG

Sie zittert. Wie, um sich selbst zu beschützen, schlingt sie die Arme um ihren schmalen Körper. Das grelle Licht erzeugt einen stechenden Schmerz in ihren Kopf. Sie möchte die Augen schließen und wegdämmern. Der unbequeme Metallstuhl besteht nur aus einigen rostigen Streben und ihre Beine sind eingeschlafen. Sie will aufstehen, gleichzeitig niemanden auf sich aufmerksam machen. Was haben die mit ihr vor?

Das Zittern kommt in Wellen. Sie beißt die Zähne aufeinander. Keine Schwäche zeigen. Ihre Haut schmerzt, als wäre sie mit Sandpapier bearbeitet worden. Es stinkt nach Fäule und Elend. Kurz siegt die Verzweiflung, eine Träne löst sich, rollt einsam über ihr verschmiertes Gesicht. Falls sie hier rauskommt, könnte sie den Raum nicht beschreiben. Alles ist grau. Nur der Geruch brennt sich ein. Irgendwo tropft Wasser. *Plong. Plong. Plong.*

Sie wiegt sich im Rhythmus des Lautes vor und zurück.

Vergisst für ein paar Momente, wo sie ist, ihre Lider sind schwer. Das Gefühl ist tröstlich. Sie möchte überall sein, nur nicht mehr hier. Schritte im Gang. Die Augen weit aufgerissen. Die metallene Tür öffnet sich quietschend oder war das ihr Schrei? Das Zittern packt sie erneut. Unkontrollierbar. Sie schaut nicht auf, sieht auf die schmutzigen Schuhe, die den Raum betreten. Sechs Füße. Sie schluchzt auf.

»Mach die Tür zu«, befiehlt einer. Hat er das Sagen? Die Männer bauen sich vor ihr auf. Einen Moment sagt niemand etwas. Sie fühlt die Blicke auf ihrem Körper und zittert so sehr, dass der Stuhl auf dem Fliesenboden klackert.

»Och Schätzchen, dir ist kalt? Das geht ja mal gar nicht. Was sind wir doch für unaufmerksame Typen?«, sagt der Anführer und lacht.

»Wir sollten das nicht machen«, wirft eine ältere Stimme ein. Sie bettelt innerlich, dass er sich durchsetzt.

»Ja lassen wir sie gehen«, kommt vom Dritten, der bisher schwieg. Er klingt jünger, als wäre er in ihrem Alter. Weitere Hoffnung keimt in ihr auf.

»Seid ihr bescheuert? Und mich um den Spaß bringen?« Der Wortführer bewegt sich ein paar Schritte auf sie zu und beugt sich herunter.

»Warum zitterst du denn Mädchen?« Ihr Blick ist starr auf den Boden gerichtet.

»Guck mich an, wenn ich mit dir rede, Miststück!« Sie rührt sich nicht. Er greift grob in ihre Haare und reißt ihren Kopf nach hinten, zwingt sie, ihn anzusehen. Der

Schmerz weckt etwas in ihr. Wut. Als sie in sein Gesicht blickt, will sie lachen. Er sieht nichtssagend aus, eine Witzfigur von einem Mann. Ihre Mundwinkel zucken. In seinen Augen fehlt eine menschliche Regung. Er leckt über ihre Wange, als wolle er sie probieren. Sie keucht auf.

Unvermittelt stößt er sie von sich, dass sie fast mit dem Stuhl umfällt.

»Du schmeckst wie Scheiße, weißt du das?!«, sagt er und spuckt ihr ins Gesicht.

»Zieht die Schlampe aus und legt sie hier auf den Tisch. Falls sie sich wehrt, tretet ihr in die Fresse.«

»Martin hör auf mit dem Mist. Wenn uns einer sieht?!« Kaum sprach der junge Typ die Worte, bekam er die Faust von Martin zu spüren.

»Bist du blöde meinen Namen zu nennen, du kleiner Schwanzlutscher? Macht was ich gesagt habe. Ich wiederhole es nicht.«

Sie ergeben sich. Kein Kampfgeist. Kein Mitgefühl. Als sie ihr das Kleid über den Kopf ziehen, wehrt sie sich nicht, auch nicht, als sie ihr mit bebenden Fingern BH und Slip ausziehen. Sie steht einfach da. Ihr Brustkorb hebt und senkt sich schnell. Zum ersten Mal schaut sie die Männer an. Ihre Augen flackern. Die Wut kehrt mit Macht zurück.

Mit einer raschen Bewegung hebt sie den Metallstuhl über ihren Kopf und schleudert ihn auf Martin, der an seinem Gürtel nestelt. Sie stößt einen Schrei aus, der die beiden anderen versteinern lässt. Ihr Widersacher liegt fluchend auf dem Boden, drückt seinen Ärmel auf die Wunde an seiner Stirn. Alle sind mit sich beschäftigt. Das ist ihre Chance.

Die Hoffnung gibt ihr Energie, sie stößt den jungen Mann, der mit offenem Mund neben ihr steht, zur Seite und rennt zur Tür. Das Adrenalin verleiht ihr Kräfte, die sie selbst nicht für möglich gehalten hat. Sie erreicht die Tür. Glücksgefühle steigen auf. Gleich. Die Tür bewegt sich. Ein kleiner Ruck und sie könnte durchschlüpfen, rennen und nie wieder stehenbleiben.

Abrupt wird sie gebremst, ein heftiger Schlag auf ihren Rücken holt sie fast von den Füßen. Sie kann nicht atmen, knallt mit dem Kopf gegen die schwere Metalltür. Jemand reißt an ihren Haaren. Ihre Beine geben nach. Grobe Hände packen sie. Ihre Haut schrammt auf, als sie von den Männern auf den Tisch gezerrt wird.

»Haltet die Fotze fest«, brüllt Martin. Sie blickt ihm in die Augen.

»Das wirst du bereuen«, flüstert sie.

1

Für ihre Fülle bewegt sie sich gut. Ihre Brüste pendeln über mir, ich fühle mich hypnotisiert und ihre Seufzer stacheln meine Lust an. Wie bin ich an diese Frau gekommen? Wo befinde ich mich eigentlich? Die Schöne bemerkt, dass ich aus dem Rhythmus komme, und raunt: »Alles ok?«

Fieberhaft suche ich nach einer Antwort, will ihr unmöglich erzählen, dass ich nicht weiß wer sie ist. »Du bist fantastisch«, presse ich heraus. Hoffentlich erkennt sie mein Gesicht in der schummrigen Beleuchtung nicht. Verdammt, wie bin ich hierher gekommen? Je mehr ich mich konzentriere, desto konturloser antwortet meine Erinnerung.

Meine Unruhe zerplatzt wie eine Seifenblase, als sie kommt! Sie krallt mir ihre Nägel in die Schultern und ich schreie, ob ich will oder nicht. Dabei bin ich so weit entfernt von einem Orgasmus wie Til Schweiger von einer Charakterrolle. Sie lässt sich nach vorn fallen, ihre Haare kitzeln mein Gesicht. Ihr Parfum benebelt mich.

Das ganze Bettzeug duftet danach und der Nebel in meinem Kopf lichtet sich. Wir sind bei ihr!

Sie rollt von mir runter. Nur ihr schwerer Atem ist zu hören. Die Stille ist peinlich und obwohl ich mein Hirn durchforste, fällt mir ihr Name nicht ein. Habe ich wirklich so viel getrunken und mich abschleppen lassen? Geht mir nicht in den Kopf. Wie voll muss ich gewesen sein? Ein Klicken. Kurz leuchtet eine Flamme auf. Sie lehnt sich zurück, bläst den Rauch aus. Ihre kehlige Stimme reißt mich aus den Gedanken.

»Auch eine?«

»Danke. Ich bin Nichtraucher.«

Was für eine beknackte Bemerkung. Wir schweigen. Sie zieht an der Zigarette, scheint jeden Zug zu genießen.

Die aufgehende Sonne erzeugt dezentes Licht, hinter den Jalousien. Noch immer versuche ich zu rekonstruieren, wie ich hierher gekommen bin. Mein Hirn gibt die Erinnerungen nicht raus.

Der anbrechende Tag erhellt die Umgebung und ich erkunde das Zimmer. Breites Bett, weißes Mobiliar im Shabby Look. Neue Möbel, die künstlich auf alt gemacht wurden. Verstehe nicht, was Leute daran reizvoll finden. Die würde ich definitiv entsorgen. Sie steht wortlos auf und spaziert ins Bad. Verdammt, wie bin ich hierher gekommen? Schließe meine Augen und versuche zurückzuspulen. Es dauert bis der Film an einer Stelle stehen bleibt, die ich einordnen kann. Das Telefonat mit Sebastian.

»Ricksi, heute wird die Nacht deines Lebens.« Dieser Satz weckte schlechte Erinnerungen.

»So wie zuletzt, als du einfach abgeschwirrt bist und ich zusehen musste, wie ich nach Hause komme?«

»Alter, entspann dich mal. Ich habe eine Frau kennengelernt. Kannst dich freuen und nicht den Beleidigten spielen. Ist auch gut für dich«, sagte er. Sein breites Grinsen sah ich sofort vor mir, wollte ihn aber etwas schmoren lassen.

»Aha. Was hat das mit mir zu tun?«

»Mein Gott, manchmal bist du ziemlich begriffsstutzig. Rate, was die hat?«

»Sag nicht eine Freundin, mit der du mich verkuppeln willst.«

»Bingo mein Freund. 20:00 Uhr hole ich dich ab. Ich bringe was zum Vorglühen mit.« Ohne eine Antwort abzuwarten, legte er auf. Bis hierhin ist alles klar. Die nächste Erinnerung hängt im Nebel. Wir saßen in meinem Wohnzimmer. Hatte ich da was getrunken? An mehr erinnere ich mich nicht. Unheimlich.

Sie kommt zurück. Ihr Anblick unterbricht die Grübelei. Wenn sie die Grazie ist, mit der Sebastian mich verkuppeln will, hat er zum ersten Mal meinen Geschmack getroffen. Sie hat sich nur ein Handtuch umgeschlungen und ich merke, wie ich sie anstarre. Sie hat eine üppige Figur, die Rundungen an den richtigen Stellen. Ich liebe Frauen, an denen was dran ist, im Gegensatz zu Sebastian, der auf den Typ Model steht.

»Willst du einen Kaffee?«, fragt sie mit kehliger

Stimme, zündet sich erneut eine Zigarette an und nimmt einen tiefen Zug. Bevor es peinlich wird, muss ich handeln.

»Gerne.« Ich räuspere mich mehrmals, suche nach Worten.

»Also das ist mir noch nie passiert, aber ...« Sie schaut mich erwartungsvoll an.

»Ja?«

»Tut mir leid, was zum Henker wollte ich sagen?« Ihre Augen scheinen mich auszulachen oder lacht sie mich an?

»Mein Kopf ist wie leer gefegt. Ich habe keine Ahnung, wer du bist, wie wir uns kennengelernt haben. Bist du die Frau, mit der Sebastian mich verkuppeln wollte? Also mein bester Freund und ich, wir waren gestern ... wo waren wir überhaupt?« Sie runzelt die Stirn und sogar jetzt sieht sie bezaubernd aus.

»Wir wurden verkuppelt? Das wüsste ich aber.« Jetzt klingt sie gereizt und ihr weicher Mund verzieht sich.

»Wirklich? Du erinnerst dich nicht?« Sie lacht frostig. »Bist du einer dieser Männer, die nur Druck ablassen wollen?« Sie blickt mich gekränkt und zugleich wütend an. Ihre Augen funkeln, als würde sie abwägen, ob sie mir eine Knallen oder mich rausschmeißen soll. Oder beides? Mist!

»Nein ... so bin ich nicht. Hey, wirklich. Tut mir leid. Ich kann mir absolut nicht erklären, warum ich nichts mehr weiß. Ein totaler Filmriss.« Ich halte inne und suche nach einem Zeichen der Nachsicht in ihren Augen. Wahrscheinlich hat sie mich bereits als Arschloch abgeschrieben. Nochmal Mist.

»Das mit dem Verkuppeln, ich ... das meinte ich so nicht. Sebastian wollte, dass ich mit der Freundin seiner Freundin ...«

Wie durch ein Wunder entspannen sich ihre Gesichtszüge und sie setzt sich lachend neben mich auf die Bettkante, dreht sich zu mir.

»Krieg dich wieder ein. Willst du wissen, wie du hier gelandet bist?«

Ich nicke und bin erleichtert über ihren Stimmungswandel.

»Wir haben gequatscht. Du warst witzig, sogar richtig charmant. Wenn ich ausgehe, treffe ich selten auf Typen, die in der Lage sind, ein zusammenhängendes Gespräch zu führen.« Sie schüttelt den Kopf und ich fühle mich etwas besser nach ihrem Kompliment. Sie lächelt und ich denke, ich mag sie. Sehr sogar.

»Ein Drink hat zum nächsten geführt und so sind wir hier gelandet. War das ein Fehler?« Sie schaut mich fragend an.

»Was für ein Arsch bin ich eigentlich?«, sage ich zerknirscht und setze meinen Hundeblick auf.

»Volle Zustimmung«, sagt sie und blickt mich entrüstet an. Dann prustet sie los und ich höre zum ersten Mal dieses glucksende Lachen, in das ich mich sofort verliebe.

»Jetzt guck nicht so bedröppelt, Rick.«

1:0. Meinen Namen kennt sie schon mal.

»Ja, du hast gestern ganz schön einen weggezwitschert. Sebastian musste mir helfen, dich ins Taxi zu bugsieren. Gott sei Dank, bin ich kein zimperliches Mädchen. Sonst hätten wir die ganze Nacht draußen vor der Haustür gesessen. Zusammenfassend kann ich dir von gestern berichten, ich bin schwanger und das Aufgebot ist bestellt!« Sie lacht und ihre Augen blitzen.

»Und ich bin die absolute Traumfrau für dich. Originalton Rick.« Sie zwinkert mir zu und ich lache mit ihr.

»Scheiße. Das ist vor Peinlichkeit nicht mehr zu übertreffen. Hört sich überhaupt nicht nach mir an.«

»Willst du sagen, ich lüge?«, fragt sie gespielt entrüstet.

»Was? Nein! Sieh mich an, nackt und ahnungslos wie ich hier sitze. Es ist mir ein Rätsel, warum ich gestern dermaßen über die Stränge geschlagen habe. Es tut mir leid, du hast eine seltsame Mutation meiner Selbst kennengelernt. Ich trinke kaum Alkohol. Zumindest normalerweise.«

»Mutation deiner Selbst?« Sie lacht wieder. »Wenigstens war der Sex gar nicht schlecht, falls du dich daran erinnern kannst?«

Sie betrachtet ihre Fingernägel. Es scheint ihr nicht egal zu sein, was zwischen uns passiert ist. Darauf hatte ich gehofft und rutsche näher an sie heran.

»Wie könnte ich mich daran nicht erinnern?«, sage ich und nehme ihre Hände in meine.

»Lass uns einfach von vorn beginnen? Darf ich mich vorstellen, ich bin Rick.«

Wir sehen uns in die Augen und ich entdecke goldene Punkte im leuchtenden Grün, registriere, wie ihre Pupillen weit werden. Die Luft flirrt und mein Herz schlägt einen doppelten Salto. Was für ein Moment. Ich atme ihren Duft ein, umschließe ihre Hände fester.

»Schön, Sie kennenzulernen Herr Rick«, haucht sie, »ich heiße Carola, doch alle sagen Caro zu mir.«

Während sie das flüstert, erreicht ihr Mund meinen Hals. Ihr Atem kitzelt in meinem Ohr, als ihre Lippen mit meinem Ohrläppchen spielen. Sie wispert: »Ich habe eine Idee, wie du das wieder in Ordnung bringst. Lass uns heute Abend ausgehen.«

Caro fährt mit einer Hand langsam an meinem Oberkörper herunter und hinterlässt prickelnde Gänsehaut. Kurz bevor ihre Berührung mich in den Wahnsinn treibt, hört sie auf und schubst mich leicht zurück.

»Und jetzt geh ins Bad und mach dich frisch.«

»Aber du kannst mich doch nicht jetzt so ...«

»Ich mache Kaffee.« Sie zwinkert mir zu und geht.

»Ok, Lady, bin schon unterwegs«, sage ich und sehe zu, dass ich ins Bad komme.

Der Typ, der mich aus dem Spiegel anglotzt, kann doch nicht ich sein. Zweifel, dass ich gestern gesoffen habe, beseitigt mein Spiegelbild. Keine Ahnung was mich geritten hat.

Ihr Bad ist riesig und lichtdurchflutet. Während das Wasser auf mich niederprasselt, schwirren meine Gedanken los, unkontrolliert wie Insekten im Licht. Die Begegnung mit Caro weckt Sehnsucht. Endlich anzukommen, nicht mehr nächtelang um die Häuser ziehen auf der Suche nach jemandem. Dieses hohle Leben kotzt mich an und die Leere nach den Nächten mit irgendwelchen Bekanntschaften halte ich nicht mehr aus. Es wird Zeit, Rick. Du bist 46 und zu alt für diesen Scheiß.

Sebastian ist komplett anders drauf. Er braucht das, wie er sagt, um nicht in den Abgrund des Alltags zu fallen. Aber ich kann uns nicht miteinander vergleichen. Er ist ein richtiger Aufreißertyp, sieht gut aus, verdient das Doppelte, hat die schönsten Mädels am Start, fährt ein geiles Auto und besitzt eine Penthouse-Wohnung, die ständig von irgendwelchen Filmemachern gebucht wird.

Wir lernten uns durch Zufall damals am 9. November 1989 kennen. Nachdem ich den Grenzübergang hinter mir ließ, stand ich orientierungslos da, allein in dieser neuen, ungewohnten Welt, die anders roch, leiser war. Wollte zum sagenumwobenen Ku'damm, ohne eine Ahnung, wo ich mich befand, noch in welche Richtung ich musste. Da tauchte Sebastian vor mir auf, als hätten meine Gedanken laut gerufen: *Kann mir mal irgendein Wessi den Weg weisen?*

»Kommst du aus dem Osten?«, fragte er mich.

Und ich dachte, so was wie Mitleid oder sogar Verachtung herauszuhören, wollte mich schon abwenden. Aber vielleicht war ich einfach nur bescheuert. Denn als ich ihn nochmal ansah, lächelte er offen.

»Ja«, stotterte ich, »ich will zum Ku'damm.«

Und schämte mich für diese Worte. So trivial. Ebenso, wie man sich einen Typen aus der Zone vorstellt. Ihn schien das zu amüsieren, doch er begann Straßen zu nennen, die ich nehmen sollte, um auf dem kürzesten Weg dort hinzukommen. Mittendrin hörte er einfach auf zu erklären und sagte:

»Weißt du was, ich fahr dich hin.«

Und so wurden wir Freunde. Beste Freunde.

Caro hat Musik angemacht. Die Anlage voll aufgedreht. Lateinamerikanische Klänge dringen in mein Ohr und von dort in meine Blutbahn. Unverhofft fühle ich mich gut, entspannt und energievoll. Sie erscheint mit zwei Bechern Kaffee und lächelt frech. Plötzlich fällt das Handtuch zu Boden und sie sagt: »Huch.«

Ich stelle die Dusche aus, öffne die Glastür und sage: »Ich möchte dir etwas Wichtiges mitteilen.«

»Tatsächlich? Ich bin ganz Ohr.« Sie schaut mich neugierig an.

»Ich stinke nicht mehr.«

Ihr glucksendes Lachen hallt durch das großzügige Bad, und ich bin selig. Einfach von jetzt auf gleich irrsinnig glücklich. Sie kommt zu mir unter die Dusche, schmiegt ihren weichen Körper an mich und fasst zielsicher zwischen meine Beine, während sie mir herausfordernd in die Augen schaut.

»Huch«, flüstert sie und ich schließe meine Augen.

2

Die Musik ist zu laut, die Lichter zu grell, die Location zu voll. Nippe an meiner Cola, sie ist zu warm. Die gestrige Nacht steckt noch in meinen Knochen. Keine Lust zu tanzen, Party zu machen. Heute finde ich es affig, auf der Tanzfläche zu stehen. Die Enge. Das Schwitzen. Mir ist nach Romantik. Nach Bärenfell vor dem Kamin. Nur Caro und ich und eine Flasche Wein.

Sebastian grölt zu mir rüber: »Alter seit wann stehst du bei so einer Mucke nur rum?« Er kommt näher, senkt seine Stimme: »Schau dir dieses Weib an. Ist sie nicht der Wahnsinn?!« Er zeigt auf Katrin, die Freundin von Caro, die sich gerade allein auf der Tanzfläche bewegt und die Blicke der anwesenden Männer auf sich zieht. Tolle Figur, aber gekleidet, dass nichts mehr für die Fantasie bleibt. Zu blond, zu gewollt. Eigentlich nicht sein Kaliber, aber er scheint auf sie abzufahren.

»Oh man, die werde ich heute flach legen«, sagt er und grinst anzüglich. Ohne eine Antwort abzuwarten, stolziert er lässig zu ihr rüber und spricht sie an. Katrin zieht Sebastian an sich und dann tanzen sie, als wären sie mitten im Akt.

Wie hingestellt und nicht abgeholt stehe ich da. Lustlos und schlechtlaunig. Wie macht der Typ das? Er schnippt mit den Fingern und alles läuft. Bei ihm ist das Glas ständig halb voll. Manchmal hasse ich ihn. Manchmal frisst mich der Neid auf. Andererseits kann ich das, was uns verbindet, nicht beschreiben. Es ist einfach da. Wie Arsch auf Eimer. Er ist mehr als ein Aufschneider. Er hat eine Seite, die nicht viele kennen. Ich schon.

»Mir geht es nicht gut.« Caro guckt mich aus glasigen Augen an. »Ich glaub, mich hat ne Grippe erwischt«, stöhnt sie und schmiegt sich an mich. Ich ziehe sie in meine Arme. Wärme steigt in mir auf und ich fühle Vertrautheit zwischen uns, obwohl wir uns gerade erst kennengelernt haben.

»Wollen wir gehen? Ist auch nicht mein Ding hier«, flüstere ich ihr ins Ohr.

Sie hebt den Kopf, schaut mich mit geröteten Augen an. »Oh ja, aber sei bitte nicht böse, ich will zu mir ins Bett. Allein. Mir geht's echt dreckig«, seufzt sie.

»Ja ok«, sage ich, etwas geknickter, als beabsichtigt.

»Dachte nur, ich koche dir einen Tee, lasse dir ein warmes Bad ein und …«

Sie legt mir sanft aber bestimmt einen Finger auf den Mund.

»Heute nicht Babe, möchte nur ins Bett und allein sein.«

»Warte kurz, ich verabschiede mich noch von Basti.«

Aber Caro hält mich am Arm fest. »Einfach nur nach hause fahren. Er kommt schon klar. Er hat ja Katrin.«

3

Ein Poltern und das Gickeln einer ohne Zweifel angetrunkenen Frau wecken mich. Der Blick auf die Uhr zeigt 01:12 Uhr. Ich horche. Erkenne Sebastian, unterbrochen von einer weiblichen Stimme. Katrin? Sie scheinen sich zu amüsieren und kichern wie zwei Teenager. War er wieder zu geizig sich ein Taxi zu nehmen und in seine Prollhütte am anderen Ende der Stadt zu fahren? Vor ein paar Monaten hatte er das schon mal abgezogen. Meine Bitte, das nicht zu wiederholen, scheint echt was gebracht zu haben. Wichser!

Ich höre das Klappern von Geschirr. Na klar, macht euch schön etwas zu Essen, fühlt euch wie zu Hause.

Caro hatte mir eine WhatsApp geschickt. *Danke für dein Verständnis* plus viele Herzen, die ich in meinem schläfrigen Zustand nicht zählen mag. Kurz überlege ich aufzustehen und die Schlafzimmertür zu schließen, aber ich bin zu müde, ziehe mir die Decke über den Kopf und schlafe sofort wieder ein.

. . .

Ich gehe über eine Wiese, die scheinbar kein Ende nimmt, drehe mich um und traue meinen Augen nicht. Hinter mir überall Krokodile in den verschiedensten Größen. Es wimmelt nur so von ihnen. Renne los, schaue alle paar Schritte zurück. Falle, stehe auf, haste weiter. Sie folgen mir, stinken nach Verwesung. Ich schreie, habe keine Chance. Eins von den Kleineren läuft schneller, reißt sein Maul auf und schnappt nach mir. Versuche, es wegzutreten. Einmal. Zweimal. Mit dem dritten Tritt wache ich auf und merke, dass ich wirklich trete. Meine Bettdecke liegt auf dem Boden. Mein T-Shirt klebt an mir und das Kopfkissen ist feucht. Wie kann man nur so einen Schwachsinn träumen?

02:17 Uhr. Nur eine Stunde geschlafen. Muss aufs Klo. Mir fallen meine ungebetenen Gäste ein. Scheiße. In meinem Schädel wummert es, als würde Thor seinen Hammer darin schwingen. Jede Bewegung meines Kopfes scheint ihn wütend zu machen. Der Flur ist verdammte acht Meter lang. Die muss ich etappenweise überwinden, um ins Bad zu kommen. Mein schleppender Gang führt mich an der Küche vorbei. Die Zimmer meiner Wohnung fallen überschaubar aus, aber dieser Raum ist gigantisch. Sebastian sagte einmal: »Alter, das ist keine Küche, sondern ein Saal.«

Durch die schneeweißen Fliesen und die weißen Küchenmöbel in Klavierlack-Optik wirkt sie noch größer. Da die Tür einen Spalt offen ist, sehe ich, dass Licht brennt. Warum hat keiner die Beleuchtung ausgemacht?

Plötzlich höre ich schweren Atem und klatschende Geräusche. Kurz Stille. Verharre bewegungslos. Dann wieder, diesmal durchbrochen von spitzen Schreien. Klingt wie ein schlechter Porno. Sie treiben es in meiner verdammten Küche.

Man Basti, du hast echt nur Scheiße im Kopf!

Langsam schleiche ich weiter, bis kurz vor die Küchentür und stocke erneut.

»Du machst mich so geil, hör nicht auf, Kleiner«, sagt die Frau und ich erkenne die Stimme. Katrin. Klar, da bahnte sich was an. Er wollte sie flachlegen und das hat bestens geklappt. Applaus Basti, du blöder Penner! Warum bei mir zu hause?

Das rhythmische Klatschen geht wieder los. Meine Füße bewegen sich nicht von der Stelle. Komme mir vor wie ein Spanner. Sie sind splitternackt, bei voller Beleuchtung, stehen mit dem Rücken zur Tür. Zum Glück sind die Rollos runtergezogen. Sie beugt sich bäuchlings über den Glastisch, er steht hinter ihr, seine Hände in ihre Hüften gekrallt. Im gleichbleibenden Rhythmus stößt er seinen Penis in sie und ihre Brüste klatschen auf den Tisch. Sie feuert ihn an: »Oh ja, Kleiner, fick mich!« Und er legt sich noch mehr ins Zeug. Zieht das Tempo an.

Dieser Akt hat etwas Ästhetisches, mein Körper reagiert

und mir wird wärmer. Mittlerweile ist der Druck auf meine Blase kaum auszuhalten. Die Situation ist surreal. Ich bleibe noch einen Moment stehen, setze dann einen vorsichtigen Schritt, um ins Bad zu kommen. Plötzlich greift Sebastian mit der linken Hand ihre Haare und reißt ihren Kopf nach hinten, während er sie weiter vögelt.

Oha, sowas würde ich nie machen. Sieht unbequem aus, wie sie den Kopf in den Nacken legt. Sie scheint es zu genießen, streckt ihr Becken weit nach hinten.

Die Szene fasziniert mich. So treibt er es also? Nicht, dass ich das unbedingt erfahren wollte. Irgendwie zieht es mich an und dennoch stellen sich meine Nackenhaare auf. Sebastian stößt immer härter und sagt irgendwas, dass in der Geräuschkulisse ihres Treibens untergeht. Katrin wirkt irritiert, stockt kurz und ihr Körper versteift sich.

Auf einmal geht alles ganz schnell. Er hebt seine rechte Hand. Sie ist nicht leer, etwas Metallisches blitzt darin auf. Bevor mein Gehirn verarbeiten kann, was ich sehe, macht er etwas Unbegreifliches. Er drückt das Messer an ihren Hals und schneidet ihre Kehle in einer fließenden Bewegung durch. Dabei brüllt er sie ununterbrochen an. Ich verstehe kein Wort, die Wut und den Hass in seiner Stimme spüre ich bis ins Mark.

Blut sprudelt in Kaskaden aus der klaffenden Wunde, spritzt auf das weiße Mobiliar, während Sebastian sie weiter penetriert und sich in ihrem Blut aalt. Ihr Körper zuckt unkontrolliert und verliert jede Spannung.

. . .

Ich schreie, aber kein Laut kommt aus meinem Mund. Schmecke Erbrochenes. In meinem Kopf erwacht eine Bahnhofshalle voller undefinierbarer Geräusche. Ich falle. Immer schneller, immer tiefer, während ich versuche, den Fallschirm des Begreifens zu ziehen. Meine Finger suchen Halt im Türrahmen. Die Wände stürzen auf mich zu. Ich ersticke.

Atme!

Aus der Bahnhofshalle wird eine Fabrikhalle, ein Maschinenraum, es summt, es hämmert und kracht ohne Ende. Die Welt beginnt sich zu drehen. Immer schneller. Schmecke Galle. Schlucke hart. Der Maschinenraum wird lauter. Was geht hier vor?

Nein!

Das kann nicht sein. Halte mich mit beiden Händen am Türrahmen fest. Habe Angst, von der Wucht der Ereignisse weggeschleudert zu werden. Noch immer starre ich in die Küche. Sehe nichts. Mein Verstand weigert sich.

Unvermittelt höre ich wieder das Klatschen. Es war nie fort. Bevor ich mir einen Reim darauf machen kann, kommt Sebastian mit einem Schrei, der in meinem Kopf explodiert. Sein Brüllen hallt eine gefühlte Ewigkeit in meinem Schädel nach. Dann wird der Pausenknopf gedrückt. Da ist nur noch Stille. Und dann werde ich für einen Moment ganz klar.

. . .

Sebastian kam in einer Leiche.

Mit dieser Erkenntnis löst sich mein Körper von meiner Psyche, lässt alles stehen und geht weiter ins Bad, als wäre nichts passiert.

4

Bin desorientiert. Kann meine Augen kaum öffnen, mein Schlafzimmer ist in gleißendes Licht getaucht. Als ich auf mein Handy linse, erschrecke ich. Es ist nach 13:00 Uhr. Fühle mich wie durch den Fleischwolf gedreht. Fünf verpasste Anrufe, zwei Voicemails und sieben WhatsApp Nachrichten. Erhebe mich langsam und bleibe auf der Bettkante sitzen. Es dröhnt und hämmert in meinen Kopf, als wären dort Abrissarbeiten in Gange. Schließe die Augen.

Aus dem Nichts verkündet die Empfangsdame meines Hirns ihren Lagebericht. Vor mir taucht ein großer, grellrot geschminkter Mund auf und füttert mich mit Eckdaten: *Heute ist Sonntag. Du musst nicht arbeiten. Dein Traum handelte von Krokodilen.* Der Mund öffnet sich und kichert.

Den anderen Traum hat sie unterschlagen. Nicht sehr zuverlässig die Gute. Muss mal ein Mitarbeitergespräch ansetzen. Schwerfällig richte ich mich auf und versuche, die Empfangsdame aus dem Kopf zu schütteln. Sie ignoriert es und sagt:

»*Tritt ein.*«

Mit diesen Worten verschwindet sie und die Tür zum Konferenzsaal meiner Gedanken wird geöffnet. Da sitzen sie auch schon versammelt und gaffen mich an. Der Kritiker, der jeden Satz mit *aber* anfängt, der Bodyguard, der mich schützen will. Etwas unscheinbar, der Schlichter, immer um Harmonie bemüht. Sie haben, ohne mich zu fragen, ein Meeting anberaumt.

Der Kritiker ist der Lauteste unter ihnen. Ohne Umschweife poltert er los: »Aber, *du hättest sie retten können*!«

Sofort schaltet sich der Schlichter dazwischen: »*Wie sollte er das anstellen? Kann er hellsehen?*«

Der Bodyguard hat auch was zu sagen:

»*Ich hätte die Polizei geholt.*«

Und ich denke, dass sie alle die Klappe halten sollen, verdammte Schlaumeier.

Ich blicke aus dem Fenster, ohne etwas wahrzunehmen. Mein Atem beschlägt die Scheibe. Male ein Krokodil auf das Glas. Mir ist kalt. Also gehe ich zum Schrank, hole Slip und Socken raus und beginne ein Lied zu summen, so wie es ängstliche Kinder tun. Warum es ausgerechnet »*Dieser Weg*«, von Xavier Naidoo ist, weiß ich nicht. Fühle nagende Angst, wie vor einem Zahnarztbesuch. Etwas ist los in mir, aber ich kann den Ursprung nicht greifen.

. . .

Meine Mutter kommt mir in den Sinn. Sie treibt sich irgendwo auf dem Meer herum. Ich sollte mit ihr telefonieren. Keine Ahnung, ob ich sie auf dem Kreuzfahrtschiff erreichen kann. Und dann wird mir bewusst, dass es egoistisch wäre, sie im Urlaub zu stören. Sie sagt zwar immer, *ich bin dir nicht böse, ich bin deine Mutter,* aber ich will ihre Gutmütigkeit nicht ausnutzen.

Dennoch, ich muss mit jemandem sprechen. Über was? Ich weiß nicht worüber. Hauptsache reden.

»*Du weißt nicht, worüber du reden willst?*«, tönt es in meinem Kopf. Ich greife nach dem Handy und schaue auf die kürzlich eingetroffene Nachricht von Caro. Der letzte Satz schießt wie ein glühender Pfeil in meine Augen.

»*HAST DU WAS VON KATRIN GEHÖRT?*«

5

Die Dusche spuckt Eiswürfel, nachdem ich eine Ewigkeit bewegungslos dastand. Mein Kopf ist leer, weder die Empfangsdame noch einer von den Typen im Konferenzraum sind anwesend. Ich weiß nicht, wie ich ins Bad gekommen bin, wie ich diesen Weg bewältigt habe. Vorbei an dem einen Raum. Weiß, hell, tödlich. Wie aus einer Horrorgeschichte von Stephen King. Ich werde ihn nie wieder betreten. Das ist absurd.

Stehe immer noch unter dem kalten Nass, obwohl meine Körpertemperatur sinkt. Vom Wasser oder vom Eisschrank in mir. Irgendwie schaffe ich es, herauszutaumeln. Reibe das Handtuch über meine Haut bis sie brennt. Schmiere mir Gel in die Haare. Bewege mich in Zeitlupe. Meine Gedanken rasen. Schalte die elektrische Zahnbürste ein und erschrecke wegen des Brummens das sie macht. Über den Spiegel fliegen Worte wie ein Newsticker. Ständig wieder von vorn.

HAST DU WAS VON KATRIN GEHÖRT.

. . .

Das Bild, wie sie nackt über dem Küchentisch lag, die klaffende Wunde, all das Blut drängt sich wieder in meinen Kopf. Oder habe ich den Scheiß geträumt, so wie den Mist von den Krokodilen?

HAST DU WAS VON KATRIN GEHÖRT?

Ist die Frage von Caro ein dummer Zufall?

Die Zahnbürste schaltet sich aus. Zwei Minuten sind um. Wieder zucke ich zusammen. Stille. Aus dem Zittern wird innere Hitze. Mir tut alles weh. Fieber und Gliederschmerzen, Symptome einer Grippe, was sonst. Vielleicht ein Souvenir von Caro.

Vermisse sie urplötzlich auf eine Art, die mich umhaut. Wie gerne wäre ich jetzt bei ihr. Möchte meinen Kopf in ihre vollen Brüste versenken, sie nie mehr loslassen. Meine Nase läuft. Scheiße, wirklich eine Grippe. Ich greife an mir herunter, als könnte ich Taschentücher aus meiner Hosentasche ziehen. Aber ich bin noch immer unbekleidet. Stattdessen reiße ich ein Stück Klopapier ab.

Ich bin ein Typ, der eigentlich immer Taschentücher dabei hat und das hat Sebastian mal so kommentiert:

»Du konservativer Spießer. Welcher Mann hat schon Taschentücher dabei?«, sagte er und lachte sich halbtot. Mein bester Freund. Das ist nicht so daher gesagt, er ist es wirklich. Davon zeugt die Vergangenheit. Intime Geschichten. Mir fällt sofort die eine ein, als mich der Bandscheibenvorfall lahmlegte. Die simpelsten Sachen konnte ich nicht mehr bewerkstelligen.

Jeden Tag besuchte mich eine Krankenschwester und verabreichte mir eine Spritze gegen die Schmerzen.

Damit kam ich für einige Momente besser klar und versuchte, alle Erledigungen in diese Zeit zu legen. Sebastian kam jeden Tag vorbei. Er half, wo er nur konnte.

Und dann kam der Augenblick, der jede Freundschaft auf die Probe gestellt hätte. Ich musste auf die Toilette und es war nicht meine Blase, die geleert werden wollte. Die Spritze wirkte nicht mehr. Ich hatte mir einige Male in Gedanken diese Situation vorgestellt. Jetzt war sie da. Fuck! Die Worte wollten kaum ausgesprochen werden, aber mir blieb keine Wahl. Sebastian schleppte mich zur Toilette, zog Hose und Slip herunter, setzte mich ab, als hätte er das tausendmal gemacht.

Es folgte der Moment, der mir heute noch Schweißperlen auf die Stirn treibt, wenn ich daran denke. Wieder musste ich jeden Buchstaben einzeln aus meinen Mund pressen. *»Ich bin fertig.«* Ohne einen seiner sonst üblichen Sprüche spülte er und reinigte mich. Einfach so. Mir war das extrem peinlich, aber die Art und Weise wie er es ohne zu zögern ganz selbstverständlich machte, lies mich langsam entspannen. Er zog mich wieder an und schleppte mich wieder zurück auf die Couch.

Ich schwitze und das peinliche Schweigen fühlte sich unerträglich an. Er meisterte die Situation mit Bravour, wie es eben ein echter Freund tut. Sebastian wäre natürlich nicht Sebastian, wenn er nicht doch noch einen Joke in der Hinterhand gehabt hätte. Und so sagte er mitten in die Stille hinein. »Alter jetzt mache ich mir erstmal ein Brot mit Nutella.«

Unwillkürlich grinse ich während seine Worte in mir nachhallen. Ich gieße mir einen Tee auf.

Was mache ich?

In dem Moment, als ich den Wasserkocher wieder hinstelle, erscheint vor meinen Augen ein überdimensionales Armaturenbrett voll mit rot blinkenden Alarmleuchten. Gleichzeitig fangen in meinem Kopf unterschiedliche Sirenen an mit voller Lautstärke um die Wette zu tönen. Immer lauter. Die Lichter blinken schneller und greller.

Meine Augen schmerzen, als hätte ich während einer Sonnenfinsternis die Schutzbrille abgenommen, blicke ungeschützt in das gleißende Licht. Ich schreie, um einen Ausgleich zu den Sirenen zu bekommen und kapiere endlich, was den Alarm in meinem Kopf ausgelöst hat.

Der Raum.

Gedankenversunken bin ich einfach hineingegangen. Begreife nicht, wie das passiert ist. Kralle mich am Schrank fest. Vor mir der dampfende Tee, hinter mir der Tisch.

Der Tatort.

Ich will raus, fühle mich, als würde ich am Rand eines Hochhauses stehen und versuchen, nicht herunterzusehen. Nicht umschauen.

Aber ich kann mich nicht bremsen und drehe den Kopf, versuche gleichzeitig nochmal nachzufassen und mich am Küchenschrank festzuklammern. Dabei reiße ich den heißen Tee um, der sich über meine Hand ergießt. Sofort lasse ich los, brülle und blicke direkt zum Tisch, in der Erwartung Katrin dort liegen zu sehen. Aufgeschlitzt bis auf die Knochen.

Stehe wie auf einem Seil und versuche die Balance zu halten. Es reißt und ich falle in ein dunkles Nichts. Für einen Wimpernschlag fühle ich mich frei, so unglaublich frei bis zu dem Moment, als ich mit dem Kopf auf die Fliesen knalle. Ein greller Blitz und aus.

6

Da sind sie wieder. Krokodile. Diesmal stehen sie auf ihren Hinterbeinen. Sie spielen ein Spiel. Werfen sich gegenseitig den Kopf von Katrin zu. Mittendrin springt sie kopflos umher und versucht, ihn wiederzubekommen. An der Seite gestikuliert Sebastian wie ihr Trainer mit einer Trillerpfeife. Er feuert die Krokodile an, brüllt, wenn sie kurz davor ist ihren Kopf abzufangen. Bei jedem Fehlversuch von ihr klatscht er wie ein Kind in die Hände und ruft: »Super!«, oder »weiter so.«

Für wen bin ich eigentlich? Je länger ich dem Treiben folge, umso mehr begeistern mich die Reptilien. Plötzlich vernehme ich Laute. Katrins Kopf ruft etwas, während er durch die Lüfte fliegt. Erst höre ich Wortfetzen, aber als er direkt auf mich zufliegt, verstehe ich es.

»Sag bitte Caro Bescheid, wo ich bin, damit sie sich keine Sorgen macht.«

. . .

Die Szene ändert sich. Zwei stahlblaue Augen starren mich an. Unter den markanten Wangenknochen erscheint ein Mund, der sich öffnet und schließt. Ohne Ton. Ich schließe die Augen und höre Sebastian sprechen:

»Sag mal, Ricksi, wenn ich Carola die Kehle aufschneide, spritzt da Blut oder Fett?«

Ich schnelle hoch, ramme meinen Kopf gegen Sebastians, werde schmerzhaft aus dem Traum gerissen.

»Was hast du gesagt?«, schreie ich. Sebastian reibt sich die Stirn.

»Man ich fragte, wie es dir geht?«

Mir wird schwindlig, es war ein Fehler so stürmisch hochzukommen. Was hat er gesagt? Mein Kopf ist voll mit Bildern und Worten. Nichts ergibt einen Sinn. Ich öffne den Mund und lalle: »Sebastian? Bist du hier?« Meine Hand tastet blindlings in der Luft herum. Dann wird alles schwarz und still.

7

Ihr Parfüm kitzelt meine Nase. Wäre ich nicht dermaßen am Ende, würde ich vor Freude mit dem Schwanz wedeln. Die elende Grippe hat mich noch in ihren Fängen.

»Du machst Sachen«, sagt sie und streichelt meine Hand. Die schönste Stimme der Welt erklingt und ich fühle mich besser.

»Caro«, krächze ich.

»Ja Babe?«, flüstert sie und hebt die Brauen.

»Danke, dass du da bist!«

»Klar bin ich da. Wenn ich gewusst hätte, wie schlecht es dir geht, wäre ich früher gekommen. Ich hatte dich angerufen und dir mehrere Nachrichten geschrieben«, sagt sie vorwurfsvoll.

»Babe, du warst auch im Eimer, ich wollte nicht, dass du dir mein Gejammer anhören musst.«

In ihrem Tonfall schwingt Ärger: »Ich habe mir Sorgen gemacht!« Sie drückt meine Hand energisch.

»Ich wusste nicht, wo du warst, ob du gut zuhause angekommen bist.« Sie zieht eine Zigarette aus der Schachtel, schnippst am Feuerzeug und bläst den Rauch Richtung Decke, ehe sie mich wieder ansieht. Mein Blick scheint sie zu besänftigen, sie sagt mit weicherer Stimme: »Mir ging es nur die Nacht nicht gut, jetzt ist alles ok.«

Plötzlich springt sie auf und ruft: »Mensch, ich hatte dir einen Tee gekocht, hoffentlich ist er noch heiß.«

In Gedanken rufe ich ihr hinterher: *Geh nicht in den Raum,* merke, wie unsinnig das ist, sie muss schon drin gewesen sein.

»Meine Herren, wie es in der Küche aussah.«

Bei ihren Worten zucke ich zusammen.

»Zum Glück hat Sebastian dich gefunden. Er hatte wohl etwas liegen lassen.« Sie stockt und ich verkrampfe immer mehr.

Was vergessen? Ein Messer? Einen Kopf?

»Da lagst du zusammen mit einer zerbrochenen ...«

Ihre letzten Worte kommen lückenhaft bei mir an. Worin lag ich? Verdammt, was will sie sagen? Sie wird es gleich aussprechen.

Ich starre auf ihren Mund. *L e i c h e?*

»Tasse. Hattest dir wohl einen Tee gemacht. Überall Scherben. Ein Glück, dass du dich nicht geschnitten hast.«

Ihre Worte dringen kaum in mein Bewusstsein. Einen Moment dachte ich, sie hätte es ausgesprochen.

»Du hast eine knackige Beule an der Stirn. Tut es sehr weh?«

Sicher nicht wie der Hals von Katrin. Ich schüttel diesen bescheuerten Gedanken weg.

»Es geht schon.«

Caro rückt näher an mich heran, nimmt meine Hand in beide Hände, massiert einen Finger nach dem anderen. Ich schließe die Augen, genieße die Berührung und die kurze Stille.

»Gefällt dir das?« Sie saugt an jedem einzelnen Finger. Und wie! Keine Ahnung, wie ich so schnell umschalten kann. Es funktioniert. Sie beißt zärtlich in meine Fingerkuppe.

»Au«, knurre ich und bekomme Lust auf mehr. Ungeniert greift sie meine Hand und führt sie unter ihren Rock. Kein Slip versperrt den Weg.

»Huch«, bringt sie noch heraus, bevor sie zu stöhnen beginnt, weil ihr wohl gefällt, was ich da unter ihren Rock fabriziere.

Endlich kann ich mich fallen lassen. Mit jedem Stoß meiner Hand fühle ich mich freier. Lebendiger.

Caro schreit ihre Lust heraus: »Hör nicht auf!«. Ihr Atem ist schwer, sie blickt mich mit glänzenden Augen an und stöhnt hemmungslos.

Es klingelt.

Wie Teenager, die beim ersten Sex ertappt wurden, ziehen wir erschrocken die Decke über uns, blicken uns fragend an und starren beide Richtung Tür, als könnten wir durch die Wand erkennen, wer geklingelt hat. Minutenlang hocken wir wie angetackert auf dem Bett. Es klingt erneut. Unheilschwanger.

»Soll ich mal gucken, wer da ist?«, flüstert sie.

»Du warst eindeutig zu laut«, wispere ich, zwiegespalten, ob ich das lustig finden soll.

Sie tut entrüstet: »Ey, du warst viel lauter.«

Es klingelt nochmals, jemand beginnt wütend gegen die Tür zu klopfen und zu keifen. Caro steht auf, schleicht auf Zehenspitzen hinaus. Ich unterdrücke den Lachanfall, der meine Kehle kitzelt und grunze stattdessen in meine Hand. Mittlerweile wummert und klingelt es in kürzeren Abständen.

Caro kommt zurück und flüstert: »Da steht eine wütende Schnalle, die plärrt irgendwas, dass ich nicht verstehe.«

Die Neugier treibt mich zur Wohnungstür. Caro versteckt sich hinterm Wohnzimmertürrahmen und linst mit dem Kopf heraus, bereit, ihn wieder zurückzuziehen.

Bevor ich die Tür öffne, grinse ich ihr verschwörerisch zu. Es ist meine Nachbarin, die unter mir wohnt. »Frau Reblock, was verschafft mir die Ehre?«, frage ich liebenswürdig.

Sie sieht aus wie eine Hausfrau aus den Fünfzigern. Lockenwickler auf dem Kopf, ihren Körper in einen verblichenen Kittel gehüllt. Sie reißt die Augen auf und keift los: »Herr Ender, Sie leben nicht alleine in diesem Haus. Ich habe die Schnauze voll von ihren Beischlafsessions!«

. . .

Das Einzige was ich denken kann, ist - *die Fünfzigerjahrefrau sagte tatsächlich Beischlafsessions.* Und möchte schon wieder lachen.

Sie holt Atem und zetert weiter: »Hier leben auch kleine Kinder! Dieses ewige Geschreie und Gestöhne ihrer unzähligen Weibsen ist eine Zumutung. Sind sie denn eigentlich nie fertig? Jetzt schon wieder und was haben Sie letzte Nacht getrieben? Da hätte ich fast die Polizei geholt.«

Rumms! Meine lässige Pose verwandelt sich in die Haltung eines Soldaten, der vor seinem Vorgesetzten steht und eine Standpauke erhält.

»Heute Nacht war keine Frau hier«, sage ich um Fassung bemüht, spüre gleichzeitig Carolas Blicke auf meinem Hinterkopf. Wahrheit und Lüge zugleich. Wie Blitze leuchten einzelne Szenen der gestrigen Nacht vor meinem geistigen Auge auf.

»Vielleicht war meinen Fernseher zu laut«, versuche ich, die Situation zu retten, spüre ein eisiges Prickeln über meinen Rücken ätzen, weil Caro alles mithört.

»Ist mir egal! Nächstesmal hole ich definitiv die Polizei.«

Ja, du blöde Schnepfe, hättest du das Mal diese Nacht getan.

»Ich habe sie gewarnt«, sagt sie, dreht sich um und stapft die Treppe runter.

»Ihnen auch einen schönen Tag, Frau Reblock«, rufe ich.

»Ja ja, Sie mich auch«, vernehme ich, bevor sie aus meinem Sichtfeld verschwindet. Als ich wieder ins

Wohnzimmer komme, steht Caro nicht mehr im Türrahmen. Sie hat ihre Jacke an und packt ihre Zigarettenschachtel in die Handtasche.

»Caro, hier war keine Frau!«, presse ich hervor.

»Nee, hast nur einen Porno geguckt«, speit sie mir entgegen. Ich bin kurz davor, ihr die grauenhaften Ereignisse der vergangenen Nacht zu schildern. Aber nichts ergibt einen Sinn und ich will ich sie nicht ängstigen. Wahrscheinlich würde sie ausrasten, wenn ich zu erklären versuchte, was ich selbst nicht verstand.

Will sie nicht gehen lassen und stelle mich ihr in den Weg.

»Caro du denkst nicht wirklich, ich ...«

Sie stößt mich zur Seite und donnert: »Ich glaube gerade gar nichts. Und dein dummes Gequatsche will ich mir jetzt nicht geben!«

Taumelnd renne ich hinter ihr her. Scheiße, was kann ich sagen und sie aufhalten? Als sie die Treppe erreicht hat, piept ihr Handy. Sie bleibt stehen, kramt es aus ihrer Tasche, schaut auf das Display und steckt es wieder ein.

»Wer war das?«, frage ich kleinlaut.

»Fick dich!«, schleudert sie mir entgegen.

»Bitte Caro, hau nicht ab. Lass uns reden.«

Sie blickt mich einen Moment an. In ihrem Gesichtsausdruck wechseln sich Wut und Enttäuschung. Unvermittelt sagt sie: »Das war Katrin, ihr geht es gut, aber sie braucht mal eine Auszeit.«

Dann ist sie verschwunden. Ich kann gerade noch die Tür

schließen, bevor ich an der Flurwand langsam nach unten rutschte. Habe ich diesen Scheiß wirklich nur geträumt? Ich weiß nicht, ob ich lachen oder weinen soll. Ein schrecklicher Gedanke blitzt auf.

Er hat das geschrieben. Sebastian hat ihr Handy.

8

Der Tee ist eiskalt. Trinke, ohne etwas zu schmecken. Die Achterbahn in meinem Kopf fährt und es ist zu spät auszusteigen. Soll ich Caro eine Nachricht schreiben? Scheiße.

Die Wogen müssen sich erst glätten, vielleicht hört sie mir dann zu. Schalte mechanisch durch das Fernsehprogramm. Nehme nichts wahr. Sollte ich nicht einfach Sebastian anrufen? Verdammt, was soll ich ihm sagen?

Alter, sag mal, hast du Katrin den Hals aufgeschlitzt? Und was machst du sonst so?

Auch wenn ich an meinem eigenen Verstand zweifle, das war kein Traum. Er hat sie eiskalt umgebracht. Und jetzt muss er Zeit gewinnen, Caro beschwichtigen, bevor sie Nachforschungen anstellt.

Was sind das für Gedanken? Sebastian ist mein bester Freund. Könnte aus der Haut fahren. Scheiße, ich wüsste doch, wenn er zu so etwas fähig wäre. Aber weiß ich tatsächlich alles über ihn? Er doch auch nicht von mir. Wenn es um die Vergangenheit ging, waren wir garantiert nicht immer ehrlich zueinander. Sonst bin ich überzeugt, erzählen wir uns alles.

Aber Mord?

Hat Sebastian mich eigentlich bemerkt? Versuche, mich an alle Einzelheiten zu erinnern. Die Bilder laufen ab wie ein Film, der vor 22:00 Uhr im TV gezeigt wird. Die Sexszenen sind ungeschnitten, aber kein Tropfen Blut fließt.

Spule vor und zurück. Wie ich in der Küche stand, Tee kochte. Hinknallte. Dann war Sebastian über mir. Was hatte er zu mir gesagt? Caro meinte, er war bei mir, weil er was vergessen hatte. Was sollte das sein?

Warum ist er mit Katrin in meiner Wohnung gewesen? Zufall? Meine Gedanken rauschen gefühlsamputiert und analytisch durch mein Hirn, als ginge es um eine Krimiserie, deren Fortgang mich beschäftigt. Muss das sachlich angehen, wie im Job. Apropos Job. Morgen zu arbeiten kann ich knicken. Die Grippe kommt mir gelegen. Mit krächzender Stimme hinterlasse ich die Krankmeldung auf dem Band und ein Problem ist von der Liste.

Ab jetzt kann ich mich auf die Lösung des Falls konzentrieren.

Harry hol schon mal den Wagen. Muss trotz der Misere grinsen. Ein wahrer Derrick bin ich offenbar nicht, hocke nach wie vor auf dem Sofa, will nicht in diesen Raum gehen, spreche mir selbst Mut zu: »Junge, das ist die Küche, steh auf und geh rein!« *Ja doch!* Bewege mich langsam voran. Meine Schritte sehen wahrscheinlich wie das Tippeln einer Geisha aus und ich zögere es weiter hinaus.

Der Flur.

Geschafft.

Habe ich was vergessen? Die leere Tasse muss in den Geschirrspüler.

Schwachsinn, geh weiter!

Meine Beine sind aus Blei.

Endlich stehe ich vor dem Raum.

Quatsch, Rick, das ist die Küche. Nicht der Raum.

Sollte eine Hand heben und die Türklinke herunterdrücken. Mit welcher Hand? *Ene, mene, muh – und raus bist du! Raus bist du noch lange nicht, sag mir erst wie alt du bist.*

Stehe bis zu den Knien in eiskaltem Wasser. Erst ein wenig Brust und Arme nass machen, bevor ich ganz hineingehe. Halte die Luft an, hebe die Hand und öffne die Tür. Lichtschalter. Klack. Grelles Licht, knallweiße Fliesen. Tada, die Küche. *Der Raum*. Der Tatort.

Stehe da. Mein Herz flattert. Haste zum Tisch. Ok, jetzt muss ich das Blut finden. Scanne den Tisch mit meinen Augen ab. Nichts. Kein Blut. Hab doch gesehen, wie es überallhin spritzte. Suche jeden Zentimeter um den Tisch ab. Links, rechts, vorne, hinten und drunter. Da! Da ist doch was. Beuge mich herunter und der Fleck hebt ab. Eine Fliege. Blut riecht. Werde zum Bluthund, presse meine Nase auf die Fliesen. Was für ein Scheiß.

Hab nicht mehr alle Tassen im Schrank. Hier gab es kein Blut. Nix.

Erleichtert stehe ich auf. Mein Magen knurrt. Bekomme unbändige Lust auf Salami. Öffne den Kühlschrank. Fast leer. Aber da ist sie, die ungarische Salami. Freue mich, wie über einen gefundenen Goldbarren. Brauche ein Brett. Check und mein japanisches Supermesser, das beste Küchenutensil. Gehe zum Messerblock.

Schreie.

Alles fällt in Zeitlupe aus meinen Händen. Falle auf die Knie. Heule. Kann nichts sehen. Wische die Tränen weg. Habe mich nicht verguckt. Sehe es in Ultra-HD.

Das Messer ist weg.

9

Ausgerüstet mit einem Haufen Taschentücher habe ich mich irgendwann ins Schlafzimmer geschleppt. Blicke an die Decke auf die Uhrzeit, die der Projektionswecker anzeigt, stiere auf den im Sekundentakt blinkenden Doppelpunkt, der die Stunden von den Minuten teilt. Mein Magen knurrt. Aber habe ich mir erneut geschworen nicht mehr *den Raum* zu betreten.

Die Stille nervt und ich schalte über mein Handy die Boxen an, wähle die letzte Playliste. Von Aqua de Beba über Asa Branca bis zu Besame Mucho, dem Lieblingssong von Caro, erbebt das Schlafzimmer im südamerikanischen Rhythmus. Sehe sie vor mir tanzen. Wie ihr Becken kreist und sie ihre Hände hebt, im Rausch ihren Kopf schwingt. Sie lächelt mich an. Vermisse sie. Mein Leben ist ein Chaos, aber ich bin das erste Mal seit langer Zeit total verliebt.

. . .

Wieder schweifen meine Gedanken zu Sebastian ab und Caros Tanzeinlage verblasst allmählich. Es ergibt keinen Sinn. Aber was macht in dieser Geschichte überhaupt Sinn? Hat er es getan? Habe ich Wahnvorstellungen? Oder war das einer dieser beknackten Träume, die mich ständig heimsuchen, wie Fliegen einen Misthaufen?

Würde mir jemand mitteilen, er hätte Sebastian dabei beobachtet, wie er einer Frau den Hals aufschlitzt, würde ich ihm eine reinhauen. Ich zweifle an meinem Verstand. Aber ich bin sicher, er hat das nicht gemacht.

Aha. Mein Gott halte doch einfach die Fresse, da oben im Oberstübchen. Caro hat nur eine Nachricht von Katrins Handy bekommen, sie hat nicht selbst mit ihr gesprochen. Ein Leichtes für den Mörder. Das Messer ist verschwunden. Welch ein Zufall. Wie viele Hinweise willst du noch, Trottel?

Mich springt eine Idee an. Vielleicht ist das Messer im Geschirrspüler? Niemals würde ich es da reinpacken, das wird bei mir immer händisch abgewaschen und trocken poliert. Möglicherweise hatte Caro es benutzt oder Basti.

Klar, um Katrin zum Röcheln zu bringen.

Der Gedanke, wieder *den Raum* aufsuchen zu müssen, erschlägt mich, aber um Gewissheit zu bekommen, bleibt mir nichts anderes übrig! Nicht jetzt. Kann nicht mehr klar denken, brauche eine Pause. Ich habe Angst vorm

Einschlafen. Angst vor den Träumen, in denen mich Krokodile verfolgen und Köpfe fliegen.

Werde mein Lieblingscafé besuchen, um zu frühstücken. Einfach dort reinsetzen, mich bedienen lassen, raus aus diesen Räumlichkeiten. Frische Luft. Ja, die brauche ich jetzt.

10

Nachdem ich den letzten Happen Rührei verschlungen habe, lehne ich mich zurück und schaue aus dem Fenster. Vielleicht hat Caro die Nachricht gelesen, die ich ihr heute früh schrieb und kommt vorbei? Wahrscheinlich schneit es eher im Hochsommer, als dass dieser Wunsch sich erfüllt. Dennoch warte ich.

Will mich gerade vom Fenster wegdrehen, um einen Latte macchiato zu bestellen, da sehe ich sie. Sie läuft, den Blick geradeaus gerichtet, auf der anderen Straßenseite entlang. Das kann nicht sein. Mein Körper reagiert sofort. Ungestüm springe ich auf, stoße gegen den Tisch. Das Glas mit Orangensaft fällt herunter und zersplittert überlaut. Beim Rausrennen stoße ich mit zwei Typen zusammen. »He, du Wichser, sperr die Augen auf«, ruft mir einer hinterher.

. . .

Die Chance, mir zu beweisen, dass alles ein alberner Traum war, will ich nicht verpassen und lasse die beiden wortlos stehen. Zögernd spreche ich ihren Namen aus. Ist sie es überhaupt? Das war zu leise, ich krächze ihren Namen so laut es geht: »Katrin! Katrin warte!« Sie entfernt sich. Renne, will die Straßenseite wechseln, aber dieses Unterfangen ist zu kühn. In beiden Richtungen Wagenkolonnen. Keine Lücke.

»Katrin!«, brülle ich, hetze parallel zu ihr die Straße entlang. Stolpere, kann gerade noch einen Sturz verhindern. Wieder ein paar Meter verloren. Weiche Passanten und Laternen aus. Von diesem Zickzacklauf wird mir schwindlig, die Entfernung zu ihr immer größer.

Versuche, sie nicht aus den Augen zu verlieren.

»Katrin bleib doch mal stehen!«, schreie ich atemlos. Die Grippe schlägt mir bei jedem Schritt in die Fresse. Die Nase läuft und mein Atem klingt wie ein gurgelnder Waschbeckenabfluss. Scheiße ja! Sie bleibt vor einem Geschäft stehen. Sofort suche ich nach einer Lücke im Straßenverkehr. Jetzt! Das schaffe ich. Adrenalin schießt durch meinen Körper. Plötzlich packt mich jemand am Arm und bremst mich mitten im Lauf.

»Verdammt, ich muss da rüber«, jaule ich. Drehe mich ruckartig herum, will die Hand wegschlagen, als ich Caro erkenne.

»Lass mich los«, sage ich wütend.

Sie lässt nicht los: »Rick, bleib stehen und beruhige dich!«

»Aber da ist Katrin«, keuche ich atemlos. »Mein Gott Caro, sie lebt!« Am liebsten wäre ich wie Rumpelstilzchen umhergesprungen.

»Jetzt komm mal runter!« Sie nimmt meinen Kopf in beide Hände und hält ihn fest. »Rick, schau mich an. Verstehst du mich? Alles ist gut.«

Was redet sie? Was soll das? Ich schüttel den Kopf.

»Du siehst beschissen aus«, sagt sie und wirkt eigenartig distanziert.

»Mehr fällt dir dazu nicht ein? Ich sage dir, dass ich Katrin gesehen habe, dass sie lebt, dass ich alles nur ...«

Sie fasst mir wie eine besorgte Mutter an die Stirn. »Du hast Fieber«, stellt sie ausdruckslos fest. Meine Beine zittern und ich klammere mich an ihre Schultern. Ich möchte ihr alles erzählen, aber ihre Reaktionen lassen mich frösteln.

Wenn ich ihr sage, *ich habe gesehen, wie Sebastian sie getötet hat. Ja, ich habe auch von Krokodilen geträumt, die mit ihrem Kopf spielten, aber das war nur ein Traum. Alles andere ist wirklich passiert. Er hat es in meiner Küche getan, mit dem japanischen Messer und er hat Katrins Handy, es sind seine Nachrichten ...*

Sie würde mich für verrückt erklären oder alles auf das Fieber zurückführen. Aber ich kann nicht mehr. Die Scheiße muss erzählt werden! Entweder Carola ist die Frau, für die ich sie halte und hilft mir oder ...

»Komm, Rick, ich bringe dich nachhause.«

»Nein, ich muss mit dir reden«, sage ich tonlos.

»Nicht hier. Lass uns gehen.« Sie hakt sich bei mir ein und zieht mich mit sich. Wir schweigen, bis wir vor meinem Haus stehen. In meinem Kopf baue ich die unaussprechlichen Worte zusammen, die ich ihr sagen will.

»Ich muss jetzt gehen«, sagt sie unvermittelt und ich verstehe nichts mehr.

»Was? Du kommst nicht mit nach oben?«

»Nein, tut mir leid, ich muss los und du musst dich auskurieren«, sagt sie schon halb abgewandt.

»Caro, bitte. Ich muss dir dringend etwas erzählen. Über Katrin und Sebastian. Bitte geh nicht.« Mein Gewinsel nervt mich. Habe ich unsere Beziehung falsch eingeschätzt? Diese Überlegung beginnt in mir zu ätzen.

»Hör auf, dich irrezumachen, Katrin geht es wirklich gut.« Es klingt überzeugend, als wäre sie sich total sicher. Die Frau auf der anderen Straßenseite sah aus wie Katrin. Vielleicht sollte ich mich auskurieren, warten bis mein Verstand wieder normal arbeitet.

»Woher weißt du, dass es Katrin gut geht?«, frage hoffnungsvoll.

»Sie hat mir vorhin geschrieben«, sagt sie leichthin.

Da war es wieder das »Geschrieben«. Kein Gespräch, nichts auf das sich bauen lässt.

»Das ist doch kein Beweis«, versuche ich erneut, sie aufzurütteln.

»Sie ist bei ihrer Nichte, will den Kopf frei bekommen.«

Ja der Kopf ist jetzt richtig frei und losgelöst.

11

A*uf was wartest du?*

Die Stimme in meinem Kopf hat recht. Brauche Gewissheit. Caro gibt sich mit den Zeilen von Katrin zufrieden, ich kann das nicht. Habe nichts in der Hand. Weder die Leiche, noch Blut oder einen Beweis für das, was in meiner Küche passiert ist. Das halte ich nicht mehr aus.

Haste bis zur Straßenecke, suche nach einem Taxi. Lange brauche ich nicht warten, der Fahrer bemerkt mein Winken und stoppt. Müde nehme ich auf der Rückbank Platz.

»Wohin?«, grummelt er, ohne mich anzublicken. Zwei Dinge will ich erledigen, einmal zu Dr. Bergmann, die Grippe bekomme ich alleine nicht mehr in den Griff. Und ich muss in die Wohnung von Sebastian, nach

Beweisen suchen. Da ich mir sicher bin, dass Basti um die Zeit im Büro ist, nenne ich dem Fahrer seine Adresse.

»Gartenstraße zwölf.«

»Scheiße, das ist ja quer durch die Stadt!« Er blickt in den Rückspiegel und schüttelt den Kopf.

»Ähm, ja und?«

»Und? Ich will nach der Tour Feierabend machen«, teilt er mir entnervt mit.

Karl Bleuchke, wie es vorn auf seinem Schild steht, scheint keine Antwort zu erwarten, er gibt Gas. Ich versuche, mich zu entspannen, habe die Hoffnung, dass er die Klappe hält. Keine Lust auf Smalltalk.

Es ist nicht das erste Mal, das ich alleine in seiner Wohnung sein werde, aber mir jagt eine Gänsehaut über den Rücken, wenn ich an den Zweck dieses Besuchs denke. Wenn er doch da ist, was sage ich dann? Könnte ich das Unaussprechliche sagen, ihn beschuldigen? Fragen wo Katrin ist?

Ist das Fehlen irgendeines Beweises nicht das stärkste Indiz, dass alles in meiner Fantasie geschehen ist? Was zum Teufel werde ich in seiner Wohnung finden? Wahrscheinlich gar nichts. Trotzdem treibt es mich dorthin. Die Ungewissheit ist unerträglich.

Mein Hemd ist nassgeschwitzt, hat Karl die Heizung aufgedreht oder habe ich wirklich Fieber? Eine dunkle Wolkenfront braut sich vor uns zusammen. Wir fahren direkt hinein und ich habe das Gefühl von der Finsternis verschluckt zu werden.

»Meine Herren, da kommt gleich ordentlich was runter.« Karl hat doch Redebedarf.

»Was wollen Sie eigentlich in der schönen Gegend der Reichen? Sie sind doch weder das eine noch das andere!«, sagt er und grinst mich durch den Rückspiegel an. Das ist also seine Art von Humor.

»Ich fahre zu meinem Freund.« Was für eine Steilvorlage.

»Ah, vom anderen Ufer? Aber ich sag immer, wo die Liebe hinfällt.«

»Nein. So ist das nicht, ist mein Freund aus Jugendjahren. Er hat Scheiße gebaut«, der letzte Teil flutscht ungewollt aus meinem Mund.

»Oha«, sein Lachen grollt wie das herannahende Gewitter.

»Was hat er getan? Jemanden umgebracht?«, Karl scheint sich zu amüsieren.

»Ja.« Habe ich das wirklich gesagt? Ich schlucke, spüre die Folge meiner Panik zwischen den Schulterblättern hinunterrinnen.

»Also ich weiß es nicht genau.« Unsere Blicke treffen sich im Rückspiegel. Mir kommt die Szene unwirklich vor. Trotzdem oder genau deshalb kann ich mich nicht bremsen.

»Er hat ihr einfach die Kehle durchgeschnitten«, würge ich hervor und muss mich am Sitz festhalten. Ausgesprochen klingt es wie eine gesicherte Tatsache.

»Okaaay«, zieht er das Wort in die Länge und ich registriere, wie seine Augen sich verengen.

»Und Sie haben es gesehen?«, fragt er mich spöttisch. Mein Kopf nickt ohne mein Zutun.

»Wow, was für eine Story Kumpel. Vielleicht sollte ich Sie woanders hinbringen?« Das begriff ich nicht sofort.

»Ach so, Sie meinen zur Polizei? Nein, er ist mein bester Freund, ich muss erst herausfinden, was da gelaufen ist.«

»Ich meinte eher«, er räuspert sich, »ich wollte damit sagen, dass Sie einen Arzt aufsuchen sollten.«

»Das werde ich danach.« Jetzt verstand ich erst, was er ausdrücken wollte.

»Ich bin nicht irre«, versuche ich mich zu verteidigen. Obwohl ich zugeben muss, es klingt danach. »Jetzt fahre ich in seine Wohnung, um ganz sicher zu sein. Er ist nicht da, das ist meine Chance.«

»Was ist, wenn er früher zurückkommt, wie wollen Sie erklären, was Sie da tun?« Seine Stimme wirkt interessiert, wenn auch eine Portion Ironie darin schwingt. Aber das Reden hilft mir mich zu sortieren.

»Das Messer. Vielleicht auch das Handy der Toten. Wenn er mich erwischt, bin ich am Arsch.«

Ich spreche darüber, als wäre Karl mein Buddy, den ich um Rat frage. Was mach ich hier eigentlich?

Wir sind da und ich hole Bargeld aus meiner Brieftasche. Ein üppiges Trinkgeld obendrauf und reiche es nach vorn.

Er dreht sich zu mir um und nimmt das Geld.

»Wissen Sie, ich kann Ihren Freund verstehen.« Er macht eine Pause und sieht mich eindringlich an. Dann prustet er los: »Ich könnte meine Alte manchmal auch umbringen.« Wieder das grollende Gelächter.

Schnell schiebe ich meinen Hintern aus dem Wagen. Bevor ich die Tür zuschlagen kann, blickt er mich mitleidig an und ruft: »Viel Glück Junge, du wirst es brauchen.« Dann braust er davon.

Stehe vor Sebastians Hütte. Ein monströses Hochhaus, das überwiegend aus Glas und Stahl besteht. Die paar Fenster, die erleuchtet sind, wirken wie leuchtende Augen, die mich ins Visier nehmen.

Es donnert. Was mach ich hier? Will ich wirklich in seiner Wohnung herumwühlen? Die Beweisstücke wird er ja nicht einfach herumliegen lassen.

Was, wenn ich es finde? Scheiße. Bei der Vorstellung möchte ich wegrennen. Und dann? Was sage ich Caro?

Ich gebe mir einen Ruck und nutzte die Chance, dass gerade ein Mann das Gebäude verlässt. Bevor sich die Tür schließt, bin ich drin. Ein einladender Geruch steigt in meine Nase. Hier werden wohl nur edle Düfte aufgetragen.

Der gläserne Fahrstuhl bringt mich pfeilschnell ins 21. Stockwerk. Die gesamte Etage gehört ihm. Ein blau schimmerndes Tastaturfeld prangt neben der Wohnungstür, in das ich den Code eintippe, der, ohne Scheiß, aus seinem Geburtstag besteht. Fauchend öffnet sich die Tür.

Willkommen an Board der Enterprise. Wie auf einer Landebahn erleuchten die Lampen im Flur meinen Weg nach vorn. Hinter mir Dunkelheit, als gäbe es kein Zurück mehr.

Auch das Licht in seinem begehbaren Kleiderschrank

ist an einen Bewegungsmelder gekoppelt. Die Unmenge an Klamotten macht mich sprachlos. Nicht besonders originell. Weiße und blaue Hemden, graue Anzüge säuberlich auf Kleiderbügel aufgereiht. Geschätzt 30 paar blankgeputzte Lederschuhe.

Bin wieder Derrick, obwohl ich mich nicht besonders heroisch fühle. Eigentlich müsste ich mir Handschuhe überstreifen, aber daran habe ich vorher nicht gedacht. Beginne, seinen Schrank zu durchsuchen. Halte inne, da mir einfällt, wie scharf das Messer ist. Versuche, vorsichtiger an die Sache zu gehen. Wie eine betrogene Ehefrau wühle ich weiter in seinen Sachen herum.

Bitte lass mich nichts finden. Bitte lass mich nichts finden.

Fasse in jede Ecke, lasse keinen Zentimeter außer Acht. Es bleiben nur noch die Schubfächer. Gleich muss ich in seinen Slips und Socken wühlen. Was für eine Farce. Ziehe das erste Fach langsam heraus, als würde ich etwas Übles anfassen. Was ich sehe, habe ich nicht erwartet, es ist voll mit Uhren. Ein Ballett aus Sekundenzeigern. Hier hätte man kein Handy und schon gar kein Messer verstecken können. Schließe das Schubfach behutsam. Das nächste bestätigt meine Befürchtungen und löst andere Gefühle aus. Hier liegt seine Unterwäsche und was ich tue ist beschämend. Zwinge meine Hand zwischen und unter die Slips und Boxershorts zu greifen. Fühle mich, als würde ich ihm direkt in die Hose greifen.

. . .

»Was machen Sie da?«, kreischt plötzlich eine Frauenstimme mit polnischem Akzent. Erschrocken drehe ich mich um und stehe einer korpulenten und zu grell geschminkten Dame gegenüber, die mit einer über den Kopf gehobenen Stange herumfuchtelt. Sie wirkt entschlossen, sie als Waffe gegen mich zu benutzen, wenn ich ihr falsch komme. Auf den zweiten Blick entpuppt die Stange sich als eine von Sebastians Stahlbügeln, nicht weniger gefährlich.

»Wow, wow, ich, ich ...«, durchsuche mein Hirn nach einer schlüssigen Erklärung. »Das könnte ich Sie ebenfalls fragen!«, sage ich energisch und ziehe meine Finger aus seiner Wäsche.

Wer ist diese Frau? Nie von ihr gehört. Aber wenn sie es bis in den begehbaren Schrank geschafft hat, dann nur mit Sebastians Einverständnis. Offensichtlich bin ich derjenige, der hier nichts zu suchen hat.

»Entschuldigen Sie, dass ich Sie erschreckt habe. Ich bin ein Freund von Sebastian, Rick Ender.« Hätte ich dicker auftragen sollen und ihr sagen ich bin der beste Freund von Basti?

»Aha, und was suchen Sie in seiner Unterwäsche?«, fragt sie misstrauisch.

»Wer sind Sie denn eigentlich?«, frage ich souveräner und nehme ihren Tonfall auf.

»Ich bin die Putzfrau von Herrn Seitling. Verstehe trotzdem nicht, was Sie in seiner Unterwäsche zu suchen haben? Vielleicht sollte ich mal den Herrn Seitling anrufen, ob er sie überhaupt kennt?« Sie kneift ihre blau angemalten Augen zusammen.

Auf keinen Fall soll sie ihn anrufen. Versuche es auf die freundliche Tour.

»Eventuell können Sie mir weiterhelfen?«, säusele ich in einem höflichen Ton. »Wenn Sie hier immer alles aufräumen. Dann wissen Sie bestimmt, wo er das Handy einer Freundin und mein ... «, stocke kurz. Meine Vernunft drückt auf den Pausenknopf. Wie weit soll ich seine Reinigungskraft in meine Überlegungen einweihen? Ich drücke die Wiedergabetaste und spreche weiter.

»... Messer, ein japanisches Messer abgelegt hat. Er hat sich beides geliehen und ich möchte die Sachen zurück.«

Ist klar Rick, er hat sich dein Messer und das Handy einer Freundin geliehen.

Die ganze Zeit guckt sie mich ausdruckslos an. Aber dann scheint sie eine Erleuchtung zu haben. »Er hat alles in seiner Kiste im Wohnzimmer.«

Fasse es nicht. Was ist das für ein Stuss? Ich schleiche mich in seine Wohnung und die Putzfrau führt mich widerstandslos zum Aufbewahrungsort der Mordwaffe und dem Handy der Toten?

»In seiner Kiste?«, stammel ich. Sofort drängen sich Bilder in meinen Kopf. Sehe das Handy in Blut schwimmen.

»Was für ein Freund sind Sie eigentlich? Wissen nichts von der Kiste. Kommen Sie.« Sie stapft Richtung Wohnzimmer immer noch den Bügel in der Hand haltend. Folge ihr schwerfällig. Will ich die Wahrheit herausfinden? Der Knoten in meinem Magen schreit: *NEIN!*

»Da ist sie. Als guter Freund werden Sie wohl den Schlüssel dafür haben.«

Ihr spöttischer Unterton nervt.

Auf dem Sims der langen Fensterfront steht sie zwischen teurem Dekokitsch aus aller Herren Länder. Ein schwarzer Kasten, groß genug, um mindestens Handy und Messer aufzunehmen.

Warum bin ich hergekommen? Mir knallt ein Gedanke entgegen und fährt mir in die Magengrube. Wenn ich bei meinem Herumgeschnüffel etwas finde ... Ich kann das nicht. Will das nicht. Scheiße, ich mach alles zwischen uns damit kaputt. Der ewig von meiner Mutter zitierte Satz fällt mir ein.

»Was du nicht weißt, macht dich nicht heiß.«

Mir wird schlecht. Muss hier raus. Sofort.

Ohne ein Wort zu sagen renne ich durch den Flur, der mir nun wesentlich länger vorkommt.

Erst als mich draußen der Regen mit voller Wucht trifft, komme ich wieder zu mir. Die schwarzen Wolken speien Wassermassen und ich verharre auf der Straße. Spüre, wie die Nässe durch meine Klamotten dringt. *Lieber Gott, in welche Scheiße bin ich da hineingeraten?* Hole mein Handy raus und weiß nicht wofür. Ich weiß gar nichts.

Ohne den Inhalt der Kiste überprüft zu haben, weiß ich jetzt, der Mord an Katrin ist kein Hirngespinst von mir. Sebastian hat es getan. Und dass er ihr Handy benutzt und Caro diese »*Alles ist gut*«-Nachrichten schreibt. Die Erkenntnis trifft mich wie eine Flutwelle, die alles, woran ich glaube, wegreißt.

Sebastian. Verdammt. Warum?

Will schreien, heulen, irgendwas zerschlagen.

Blicke auf mein Handy, der Rotz läuft aus Augen und Nase. Keine Zweifel mehr. Drei Zahlen, deren Bedeutung jedes Kind kennt. 110. Tippe sie ein. Starre auf das regennasse Display. *Tu es! Tu es! Es ist richtig!* Schaffe es nicht, den Anruf abzusetzen.

Irgendein Schalter in mir legt sich um und ich erwache aus der Starre. Mein Arm hebt sich und ich stoppe ein Taxi. Im Fahrzeug öffnet sich mein Mund wie ferngesteuert und sagt: »Zur Christian-Schenke-Allee 16 bitte.« Die Straße kommt mir bekannt vor. Es ist die Adresse von Dr. Bergmanns Praxis.

12

»Herr Ender bitte.« Die Stimme aus der Lautsprecheranlage klingt wie aus einem alten Science-Fiction Klassiker. Zwinge mich aufzustehen. Fühl mich wie ein verkümmertes Überbleibsel meiner selbst. Vordergründig wegen der Grippe, aber sicher kommen die anderen, seelischen Faktoren dazu.

Im Gegensatz zum lichtdurchfluteten Wartezimmer ist das Untersuchungszimmer in Brauntönen gehalten und strahlt eine gemütliche Atmosphäre aus.

Der Doktor ist ein Baum von einem Mann und strahlt etwas Beruhigendes aus. Mich erinnert er an Sean Connery als Vater von Harrison Ford im dritten Indiana Jones Film. Bin sicher, er hat viele weibliche Patientinnen, die ihn anschmachten.

Er zeigt auf den Stuhl vor seinem Schreibtisch und sagt: »Setzen Sie sich bitte.« Heute klingt er auch fast wie Sean

Connery, besser gesagt wie seine deutsche Synchronstimme.

»So wie Sie aussehen, hat es Sie wohl auch erwischt.«

Bisher hat es nur Katrin erwischt.

»Ja«, krächze ich.

»Bitte mal obenrum freimachen.«

Ungelenk folge ich seiner Anweisung.

»Soll ich Ihnen helfen?«, fragt er mitfühlend.

Mein Stolz ist größer als die Schmerzen. »Nein, ich schaffe das.«

Und es ist eine Lüge. Nichts schaffe ich. Meine Freundin ist sauer auf mich, ich fühle mich beschissen krank und ganz nebenbei ist mein bester Freund ein Mörder.

Er horcht mich von beiden Seiten ab. »Das hört sich überhaupt nicht gut an. Sie brauchen absolute Ruhe.«

Muss mir das Lachen verkneifen. Absolute Ruhe? Ohne den Mord wäre ich die Ruhe selbst. Quatsch, ich könnte auf Wolke sieben schweben mit Caro.

»Ich verschreibe Ihnen Antibiotika. Außerdem was zum Lösen, dafür müssen Sie viel trinken. Mindestens zwei Liter am Tag.«

Mein Kopf nickt automatisch. Schnappe mir das Papierzeug, das der Drucker ausgespuckt hat und will aufstehen.

Der Doktor gibt mir zu verstehen, dass er noch nicht fertig ist.

»Sie wollen doch nicht so arbeiten gehen, oder?« Ohne eine Antwort abzuwarten, spricht er weiter. »14 Tage schreibe ich Sie krank, dann sollten Sie wieder arbeitsfähig sein.«

Er reicht mir die Krankmeldung, blickt mich gütig an, faltet die Hände und eröffnet ein anderes Thema.

»Herr Ender, Sie waren vor fünf Monaten hier. Wie ist es Ihnen seitdem ergangen?«

Worauf er hinaus will weiß ich sofort. »Mir geht es viel besser.« Das Viel betone ich. Aber es klingt lasch und überzeugt niemanden in diesem Raum.

»Ich habe jetzt eine Freundin und ... «, setze ich an, aber meine Erklärungen will er offensichtlich nicht hören.

»Sie haben die Überweisung, die ich Ihnen damals gab eingelöst?«

»Ähm, nein. Aber wie gesagt mir ging es nach und nach besser und deshalb sah ich keinen Grund. Trotzdem vielen Dank.« Nächster Versuch aufzustehen. Mich verlässt langsam die Lust auf dieses Gespräch.

»Herr Ender, ich habe Ihnen erklärt, dass ihr Zustand keine Magenverstimmung oder Ähnliches ist, bei der Sie sich ein paar Tage ausruhen und alles ist wieder gut.«

Er tippt etwas in seinen Computer. Das grässliche Geräusch des Nadeldruckers ist erneut zu hören. Statt mir das Blatt, wahrscheinlich eine neue Überweisung, zu geben, greift er zum Telefon, tippt eine Nummer und wartet einen Moment, bevor er in den Hörer spricht.

»Ja, Dr. Bergmann hier, bitte geben sie mir Frau Dr. Neschlin.« Wieder eine Pause. Mein Unbehagen wächst.

»Hallo Charlotte, ich bin es, Marc. Habe hier einen Patienten sitzen, von dem ich dir vor einiger Zeit erzählt habe, Herr Ender. Steht dein Angebot noch, dass er dich aufsuchen darf?« Er zwinkert mir verschwörerisch zu.

»Hast du was frei, vielleicht gleich am Montag? Ja, ich warte.«

Er legt eine Hand auf die Muschel und flüstert mir zu. »Einen Moment Herr Ender, wir sind gleich durch.«

»Super, Montag um 11:00 Uhr zum Erstgespräch. Alles klar, richte ich ihm aus. Sag mal, wie geht es Hannes? Wirklich? Na dann muss ich Samstag zum Spiel gehen.« Ein unnatürliches Lachen erklingt. »Ja ja, wem sagst du das. Grüß alle, man sieht sich, Charlotte.« Er legt auf und reicht mir die Überweisung.

»So, Herr Ender, Sie gehen am Montag zu Frau Dr. Neschlin.« Er schaut mich eindringlich an.

»Sie sind krankgeschrieben, keine Ausrede. Erzählen Sie ihr alles. Auch von Ihren Träumen. Die Frau ist eine Koryphäe in ihren Beruf, legen Sie alles offen.« *Auch, dass ich einen Mord gesehen habe?*

»Ja, mache ich«, sage ich widerwillig. So ein Mist!

Setze mich nochmal ins leere Wartezimmer. Mir ist schwindlig. Jetzt soll ich auch noch zum Psychologen gehen. Warum habe ich mir das aufzwingen lassen? Während ich dasitze und mich ärgere, lasse ich den heutigen Tag an mir vorbeiziehen. Ob ich will oder nicht, ich muss Sebastian zur Rede stellen. Seine Putzfrau hat es mir gesagt. Messer und Handy sind in der Kiste. Alles daran ist merkwürdig und mich beschleicht das Gefühl, irgendwas übersehen zu haben.

13

Endlich zuhause entdecke ich drei verpasste Anrufe. Sebastian. Der Name, der einst für Freude stand, löst nun Beklemmung in mir aus. Setze mich auf die Bettkante, atme tief ein und drücke auf Rückruf. Aber er kommt mir zuvor, sein Name erscheint auf dem Display. Meine Gedanken überschlagen sich. Was will er und was soll ich ihm sagen? Zitternd presse ich das Handy an mein Ohr, es scheint zu glühen.

»Ja?«

»Alter, wie hörst du dich denn an? Du musst ganz dringend mal geölt werden.« Er lacht, als hätte er den Witz des Tages erzählt.

»Warst du bei Bergmann, dem alten Viehdoktor?«

»Ja.« Weiter kam ich nicht.

»Man, such dir mal einen anderen Arzt, der war garantiert im früheren Leben Veterinärmediziner und hat Kühen den Rinderwahnsinn ausgetrieben. Geh zu der Müller, die hat einen Arsch zum Niederknien. Von der würde ich mir das Zäpfchen persönlich einschieben lassen.« Wieder lacht er, als wäre alles normal. »Haste dich wenigstens krankschreiben lassen oder willst du mir wieder erzählen, die Firma geht bankrott, weil du nicht da bist?!«

»Ja, für 14 Tage.« *Und wo du schon mal dran bist, warum hast du Katrin bei mir in der Küche umgebracht?*

»Ich hoffe, du kommst trotz deiner Rotznase morgen zum Geburtstag deiner vollschlanken Freundin? Keine Ahnung warum, sie hat mich eingeladen. Allerdings erscheine ich da nur, wenn du deinen Arsch auch dorthin bewegst.«

Scheiße, Caros Geburtstag. Sie wollte abends einen kleinen Umtrunk veranstalten.

»Doch ich komme auf jeden Fall«, sage ich schnell.

Jetzt oder nie. Plötzlich sprudeln die Worte hervor: »Ich war vorhin bei dir zuhause.«

Pause. Dann die Frage, die kommen muss, auf die ich trotzdem nicht vorbereitet bin.

»Was wolltest du bei mir?« Ich höre sein Stirnrunzeln. »Haste gemerkt, ich war gar nicht da?!« Wieso lacht er schon wieder? In mir rattert ein Glücksrad mit mehreren Antwortmöglichkeiten, bis es auf einer stehen bleibt.

»Ich war gerade in der Nähe, es schüttete und ich bin bei dir untergeschlüpft, bis das Unwetter vorbei war.« Sehr originell.

»Du warst zufällig bei mir in der Nähe? Nee, ist klar. Und was hast du gemacht, dir meine Pornosammlung auf dem gigantischen Ultra HD Fernseher reingezogen? So scharf waren die Möpse noch nie oder?«, prustet er los.

»Ich hatte eine Begegnung mit deiner Putzfrau und die hat mir die Kiste im Wohnzimmer gezeigt.«

Fühle mich jetzt überlegen. Damit hat er wohl nicht gerechnet. Meine das Rattern in seinem Kopf zu hören.

»Ähm, Rick, welche Putzfrau? Und von was für einer Kiste faselst du? Dein Fieber trägt ja sonderbare Früchte.«

»Hör auf Sebastian!«, brülle ich und erschrecke vor meiner Stimme. »Sie hat mir erzählt, dass du das Messer und das Handy in die Kiste gepackt hast. Leider konnte ich sie nicht öffnen, da du sie abgeschlossen hast.« Jetzt habe ich ihn. Warte auf eine Erklärung.

»Rick, mein kleiner Ostbruder, hast du getrunken? Weder habe ich eine Putzfrau noch eine Kiste in meiner Wohnung.« Wir schweigen. Seine Worte hallen in meinen Ohren nach, bis er neue gefunden hat: »Alter, ich kann dir nicht folgen. Messer und Handy? Fuck, das klingt wie aus einem Krimi. Ich mach mir langsam echt Sorgen um dich.« Den letzten Satz spricht er behutsam aus und ich glaube, Mitgefühl zu hören.

Zweifel kriechen wie Maden an meinen Körper hoch und runter. Mir wird heiß, gleichzeitig ätzt eine Gänsehaut über meinen Rücken.

Rick unternimm was!

Tausend Gedanken blitzen durch meinen Kopf, zu schnell, um einen festzuhalten. Meine Hand umklammert das Telefon wie ein Schraubstock, presse Feuchtigkeit aus dem Gerät. Meine Stimme überschlägt sich: »Sind das wieder deine scheiß Witze Sebastian? Nur sind sie überhaupt nicht lustig!«

»Muss dich leider enttäuschen, ich weiß nicht, was dir

dein Fieberhirn vorgegaukelt hat, habe seit zwei Jahren keine Putzfrau mehr und so eine beschissene Kiste habe ich ebenso wenig.«

In seiner Rede übernimmt Wut das Ruder: »Ich rufe an, weil ich wissen wollte, über was sich die Dicke freut und du redest so einen Stuss. Komm mal klar, hast doch nicht mehr alle Latten am Zaun.«

Vor meinen Augen verschwimmt alles. Gleich explodiere ich! *»Die Dicke«*?

»Sie heißt Carola, du blödes Arschloch!«, donnere ich ins Telefon.

Er lacht wieder und ich bekomme Visionen, wie ich ihm die Fresse poliere.

»Es ist sinnlos, lass dich einweisen. Ich kaufe ihr Pralinen, so wie sie aussieht, mag sie die sehr gerne«, kichert er unbeeindruckt.

Reiße das Handy vom Ohr, halte es ein Stück von mir und schreie: »Du Dreckskerl. Du bist ein beschissener Mörder. Ich gehe zur Polizei, hörst du.«

Doch er hat aufgelegt. Stiere auf das Telefon und muss mich beherrschen, es nicht an die Wand zu feuern.

Du bist ein Mörder, ein verdammter Mörder. Ich habe es gesehen, alles gesehen.

Was soll ich tun? Wenn ich die Nummer von Katrin hätte, bräuchte ich sie einfach nur anrufen. *»Hallo Katrin, na wie geht es dir so?«*

»Hallo Rick, ja mir geht es gut. Kann ich irgendwas für dich tun?«

»Na, ich hab beobachtet, wie dir der Hals durchgeschnitten wurde, wollte nachfragen, ob alles okay ist.«

»Ach so, ich bin nur zu meiner Nichte gefahren, meinem Hals fehlt nichts.«

Wäre ich in einer anderen Stimmung, hätte ich mich wahrscheinlich totgelacht.

Warum machst du es dir so schwer? Es war ein Traum, fertig aus, basta.

Der Druck in meinem Kopf steigt. Zeit etwas dagegen zu unternehmen. Schlurfe in die Küche und nehme zwei Aspirin. Beim Herausgehen bleibt mein Blick am Messerblock hängen.

»Das kann doch nicht wahr sein«, flüstere ich und Sebastian brüllt über eine riesige Lautsprecheranlage: *»Ich sag ja, du hast eine Macke!«*

Der Messerblock ist vollständig.

Kein einziges Messer fehlt.

14

W*ir treffen uns im Rudolphs. Ich freue mich auf dich.* Diese Worte schrieb mir Caro vor zwei Stunden.

Am liebsten würde ich den Termin schwänzen. Körperlich geht es aufwärts, aber innendrin bin ich angespannt und zerfressen. Gleich werde ich Sebastian gegenüberstehen. Kann mich nicht entscheiden, ob ich ihn verhaften lasse oder ihm um den Hals falle. Beides liegt im Bereich des Möglichen. Schüttel den Kopf über mich selbst. Was stimmt nicht mit ihm? Oder mit mir?

Verlasse das Haus und mich empfängt ein lauer Sommerabend, die Vögel zwitschern. Alles könnte perfekt sein. Das Taxi wartet, steige ein und im Radio erklingt James Brown *»I feel good«*. Leider kann ich nicht einstimmen. Aber ich muss mich zusammenreißen, es ist Caros Geburtstag. Versuche zu lächeln, was bestimmt dämlich aussieht. Heute werde ich ihre Freunde kennenlernen.

Fremde Menschen verunsichern mich, fühle mich in ihrer Gegenwart beobachtet, als wäre ich ein Außerirdischer. Rick, das Alien. Jetzt muss ich doch kurz grinsen.

Das Rudolphs liegt direkt an einem waldumsäumten See. Erinnere mich an grandiose Abende, die ich hier mit Sebastian verlebt habe. Er bekam immer einen Tisch, auch ohne Reservierung. So viel Glück hatte ich nicht. Ihm scheint ja bekanntlich die Sonne aus dem Arsch. Warum hat er das alles zerstört?

Die Farben der Abendröte spiegeln sich im See. Ein Typ im Richard Clayderman Style spielt romantische Melodien auf dem Klavier, die sich mit dem leisen Stimmengewirr und dem Zirpen der Grillen vermischen. Die Gäste unterhalten sich gedämpft, als wären sie von diesem wundervollen Moment verzaubert.

Blicke mich nach Caro um und noch bevor ich sie zwischen den Gästen entdecke, höre ich ihre Stimme. Ganz von selbst fällt die Anspannung von mir ab und ich lächle. Fühle, wie die Wärme zunimmt, je näher ich ihr komme.

Kalt. Wärmer. Warm. Heiß! Dann steht sie vor mir. Und ich bin überwältigt, wie schön sie ist. »Hallo Caro«, flüstere ich fasziniert.

Sie lächelt, als wäre soeben ihre persönliche Sonne aufgegangen, ihre Augen strahlen mich an und spätestens jetzt überkommt mich bessere Laune.

»Hallo Rick.« Sie nimmt meinen Kopf in beide Hände

und zieht ihn zu sich herunter, küsst mich so feurig, dass mir alles andere egal wird. Für einen Moment bin ich mit ihr allein auf diesem Planeten. Die ganzen Sorgen haben für diesen Augenblick keine Macht.

»Ich wünsche dir alles, alles Gute zu deinem Geburtstag, mein süßer Schatz. Ich liebe dich«, hauche ich ihr ins Ohr.

Sie zuckt leicht zusammen, hält meinen Kopf etwas weiter von sich weg, als müsste sie sich versichern, dass ich es wirklich bin. Eine gefühlte Ewigkeit schaut sie mich erschrocken an und ich beginne, unter ihrem Blick zu zweifeln, ob ich damit zu schnell war.

»Ich liebe dich auch Rick. Ich liebe dich auch!«, ruft sie plötzlich und umarmt mich fest. In meinem Inneren tobt ein Feuerwerk, knallt und leuchtet in allen Farben. Fühlt sich an, als hätte ich soeben Amerika entdeckt. Nein, es ist der erste Schritt auf dem Mond!

Wir heulen und wenn es nicht so früh in unserer Beziehung gewesen wäre, hätte ich sie gefragt, ob sie mich heiraten will. Die Kulisse ist geradezu prädestiniert für kitschige triefende Romantik.

Sie nimmt meine Hand, wirft mir einen liebevollen Blick zu und sagt: »Wenn das hier alles vorbei ist, müssen wir reden!« In diesen einfachen Worten schwingt etwas mit, dass ich nicht greifen kann. Dann ändert sich ihr Tonfall und sie ruft fröhlich: »Komm Schatz, lerne meine Leute kennen!«, und zieht mich hinter sich her.

Dieser Satz reißt meine just erworbene rosarote Brille weg, ändert die gesamte Szenerie wie im Theater. Es beginnt ein neuer Akt mit einem ausgetauschten Bühnenbild. Wie Laserstrahlen treffen mich die neugierigen Blicke ihrer Freunde.

Wo hat sie denn den aufgegabelt? Der passt doch gar nicht zu ihr! Die eben noch angeregten Unterhaltungen verwandeln sich zu einem zischelnden Flüstern.

Caro bleibt mit mir zwischen den beiden reservierten Tischen stehen, und ruft: »Hey Leute, ich möchte euch den Traum meiner schlaflosen Nächte vorstellen. Das ist Rick.«

Gott, ich habe das Gefühl jemand hat einen Spot auf mich gerichtet. Fühl mich geblendet, kann niemanden mehr erkennen. Nur ihre Blicke spüre ich. Es ist peinlich, unterdrückte den Drang mich aus Caros Griff loszureißen und wegzurennen. Stattdessen winke ich den Leuten mit einem gequälten Lächeln zu und sage: »Hallo zusammen.« Ein paar von ihnen murmeln irgendwas zu mir zurück, was ich kaum höre, weil ich so beschäftigt damit bin nicht abzuhauen.

Jetzt wünsche ich mir, wie Sebastian zu sein. Er würde diese Situation souverän meistern, quatsch, er würde innerhalb einer Sekunde zum Entertainer des Abends avancieren.

Carola läuft davon, um einen neuen Gast zu begrüßen und ich stehe da, wie ein Comedian auf der Bühne, der verzweifelt versucht lustig zu sein, aber niemand lacht. Also bleibe ich, wo ich bin und trage weiterhin dieses dümmliche Lächeln zur Schau.

Und dann mir fällt auf, dass Katrin nicht zu sehen ist. Ihre beste Freundin hat heute Geburtstag. Komisch. Oder nicht. Wie soll sie denn hier sein können? Was für schwachsinnige Gedanken sind das? Zu allem Übel sehe ich ihren Kopf an mir vorbeifliegen. Einfach so. Niemand bemerkt es.

Herrgott, hör auf mich zu quälen.

Ausgerechnet Sebastian erlöst mich aus dieser Scharade.

»Ey Rick, mein Bester, komm ran auf nen Meter.« Er zeigt auf den Stuhl neben ihn. »Mein linker, linker Platz ist leer, ich hoffe doch, der Rick kommt her.«

Seine Stimme klingt wie immer. Eine Spur Ironie und nochmehr Liebenswürdigkeit. Mehr als ich ertragen kann. Meine Beine laufen wie von allein zu ihm herüber. Sebastian erhebt sich und nimmt mich in den Schwitzkasten. Wie in alten Zeiten, als er noch mein bester Freund war. Könnte alles zur gleichen Zeit, heulen, ihn umarmen, ihn wegschubsen. Setze mich neben ihn. Neben den Mörder.

»Alter, deine Ische hat scheinbar nur solche verkappten Künstler als Freunde. Was die anhaben würde ich nicht mal zum Altkleidercontainer bringen.«

»Die denken wahrscheinlich über dich, was will denn der Banker hier?!«, sage ich, nachdem ich mich aus seiner ruppigen Begrüßung befreit habe.

»Scheiße ich bin Banker.« Er zeigt an sich runter und lacht. Alles wie immer. Kann das kaum aushalten. Das ich ihn beschuldige, etwas so Grausames getan zu haben, tut weh. Ich sehe ihn an. Seine äußere Erscheinung. Nichts deutet darauf hin, dass er vor einigen Tagen einen Menschen getötet hat. Nichts an seiner Ausstrahlung wirkt verändert. Irgendwie hoffte ich darauf, einen Hinweis zu finden. Etwas, dass ihn enttarnt. Gleichzeitig will ich genau das nicht. Was will ich eigentlich?

Er tätschelt mich auf eine arrogante Art, als wäre ich ein kleiner Lausebengel. »Was macht dein Fieber? Was machen meine polnischen Reinigungskräfte?«

Er lehnt sich zu mir und küsst mich auf die Stirn.

»Haste dich wieder eingekriegt oder weißt du gar nicht mehr, was du erzählt hast?«, fragt er mich grinsend.

»Ich weiß genau, was ich gesagt habe«, schießt es aus meinem Mund und ich wundere mich über die Festigkeit meiner Stimme. Obwohl ich ihm tausend Fragen stellen will, tue ich es nicht. Es ist Caros Tag.

»Na dann wünsche ich dir gute Besserung, mein Bruder.« Sein Lachen klingt aufgesetzt.

»Warum bist du eigentlich nicht mit Katrin hier?« Rumms! Die Worte kamen ohne nachzudenken. Behalte ihn im Auge, jede Bewegung, jedes Kratzen am Kopf.

»Hör doch auf mit der Alten! Die war nur auf mein Geld scharf. Ich habe einen Cut gemacht.«

Möchte in diesem Moment kotzen. Den Cut habe ich gesehen.

»Soll zurzeit auf einem Selbstfindungstrip sein. Bin froh, dass die heute nicht hier ist.« Seine Antwort kommt schnell. Wie gelernt und auf den richtigen Moment gewartet.

»Findest du es nicht komisch, dass sie als beste Freundin von Caro nicht auftaucht?«, versuche ich, nochmal irgendeine Reaktion zu provozieren.

»Ich finde alle Weiber komisch«, prustet er »habe keinen Bock mehr, über die Schnepfe zu reden.«

Null Emotionen. Nicht mal ein Blinzeln. Totale Kontrolle.

Sebastian dreht sich von mir weg und beginnt ein Gespräch mit dem jungen Mädel am anderen Tisch. Sie lacht gleich los und wirft ihre Haare nach hinten. Gleich hat er ihre Nummer. Kann sich nur noch um Sekunden handeln.

Mir fällt ein, dass ich nicht darüber reden wollte. Das habe ich ja toll geschafft. Aber irgendwas herausfinden. Diese Ungewissheit abstellen. Dazu bin ich doch verpflichtet.

Caro reißt mich aus meinen Gedanken, als sie mich von hinten umarmt. Scheinbar spürt sie meine Anspannung.

»Hey Rick, glaub mir, alles ist gut.«

Warum sagt sie das?

»Komm, wir tanzen!«, sagt sie herausfordernd und wackelt mit dem Hintern. Erst jetzt bemerke ich, dass Richard Clayderman nicht mehr spielt, sondern Discofox aus der Konserve. In kürzester Zeit wird die Terrasse zur Partymeile. Nicht nur die Gäste von Caro tanzen, auch einige andere Besucher hält es nicht mehr auf den Stühlen. Überall verzückte, lächelnde Gesichter. Ausgelassene Körper, glänzende Augen.

Reiße Caro theatralisch in meine Arme. Wir tanzen, als hätten wir nie etwas anderes getan. Bald haben die anderen einen Kreis um uns gebildet. Sie klatschen und johlen uns zu. Mich stört nichts mehr. Mir ist egal, was die Leute denken. Wir tanzen uns in einen Rausch. Bewege mich immer wilder, als könnte ich die Dämonen abschütteln. Will Ekstase. Mit Caro, meiner Geliebten. Vielleicht mit meiner neuen *besten* Freundin? Die Musik ist perfekt abgemischt. Tanzen nonstop. Immer neue Lieder, eines besser als das andere. Caro dreht sich, mir wird vom Zusehen schwindelig. Immer weiter. Discofox Trance. Nur noch das Lied. Dann noch eins und noch eins. Mir geht die Puste aus. Doch noch nicht ganz fit. Gebe Caro ein Zeichen, dass ich mich setzen muss. Besorgt bringt sie mich zu meinem Platz.

Sebastian sitzt noch so da, wie ich ihn verlassen habe. Er zeigt offen, dass er sich langweilt. Jetzt flirtet er mit der Kellnerin. Sie lächelt ihn schmachtend an.

»Babe, soll ich dir ein Taxi rufen? Du bist ja kreideweiß.« Caro schaut mich liebevoll an.

Sebastian schüttelt den Kopf: »Der soll lieber mal richtig einen kippen.«

Caro wirft ihm einen wütenden Blick zu.

»Ist ja gut, habe nichts gesagt. Hey, wenn dein Traummann schlappmacht, dann tanze gefälligst mal mit mir, Geburtstagskind.«

»Geh ruhig tanzen mit diesem Typen. Sebastian hat einen Tanzstil, der ist garantiert nicht von dieser Welt«, schicke ich sie dem Mörder in die Arme.

Caro tätschelt meine Wange. »Ich behalte dich im Auge, mein Süßer.«

»Ja, deine Mami passt auf dich auf«, sagt Sebastian und mir fällt auf, dass er ziemlich voll ist.

»Halt die Klappe und komm.« Caro drückt mir einen Kuss auf und zieht Basti zur Tanzfläche.

Was habe ich mir dabei gedacht? Caro mit ihm losziehen zu lassen? Aber was soll er machen, mitten unter den ganzen Menschen? Ich wende mich ab und schaue zum See. Der Mond hat seinen großen Auftritt, bringt den See zum Funkeln. Man könnte meinen, Himmel und Wasser hätten die Plätze vertauscht, auf der glatten Oberfläche glitzern die Sterne.

Meine Füße brennen von der wilden Tanzerei. Ich reibe mir den Nacken und fasse mir an die Stirn. Entweder ich habe Fieber oder schwitze vom Herumspringen.

Winke die Kellnerin heran und bestelle einen doppelten Espresso. Der Wind legt eine Schippe drauf und erfrischt mich. Ich schließe meine Augen. Die Partymucke gibt jetzt den Ton an, trotzdem kann ich das Zirpen der Grillen hören.

Der Espresso steht vor mir, als ich wieder die Augen

öffne. Der würzige Geruch belebt mich, ohne dass ich einen Schluck genommen hätte.

Wie lange sind die beiden schon weg? Drehe mich wieder zur Tanzfläche. Während ich einen Schluck nehme, schaue ich zu Caro und Sebastian. Verschlucke mich. Huste wie verrückt. Ein flüchtiger Blick, mein Gehirn ist nicht in der Lage, die Bilder einzuordnen. Ich sehe es, begreife es aber nicht. Wie bei einem Bilderrätsel. Finde den Fehler. Rick, finde den Fehler! Schließe die Augen, zähle bis drei. Habe die Hoffnung, wenn ich sie wieder öffne, ist alles normal. Finde den Fehler! Augen auf! Dasselbe grauenvolle Bild. Nein! Das bildest du dir nur ein. Scheinbar weit weg von gesund und noch weiter weg von geistig gesund.

Gleich drehe ich durch. Kralle mich am Tisch fest. Etwas wächst in mir in einer Art, wie ich es noch nie gefühlt habe. Mein Inneres explodiert jeden Augenblick. Wut durchdringt jede meiner Zellen. Lasse die Espressotasse fallen. Nicht, weil ich sie nicht mehr halten kann, sie ist mir scheißegal.

Wie ein beschissener Gaffer bei einem Verkehrsunfall sehe ich zur Tanzfläche. Das Bild hat sich nicht verändert, wird immer grotesker. Sebastian steht hinter Carola auf der Tanzfläche. Sie ist im Tanz versunken und hat keine Ahnung was Sebastian hinter ihr veranstaltet. Sie tanzt so gerne.

Mit einer Hand deutet Sebastian an, als würde er

Caro an den Haaren halten, mit der anderen Hand schwenkt er ein imaginäres Lasso wie ein Rodeoreiter. Immer wieder führt er die leere Hand an seine eigene Kehle und vollführt unverkennbare Schnittbewegungen. So wie er es bei Katrin gemacht hat. So wie ich es in meiner Küche sah. Genau so! Sehe die Szene wieder vor mir und das Blut. Das viele Blut.

Angst um Caro schlägt mir in die Magengrube, gesellt sich zur Wut. Befinde mich in einem langen schwarzen Tunnel. Am Ende Sebastian. Grinsend. Schneidend. Spüre, dass ich nicht verhindern kann, was gleich passiert, es nicht verhindern will. Der Tunnel ist eng, aber ich muss da durch. Zum Ende des Tunnels.

»Sebastian du blödes Schwein, ich bringe dich um!« Sehe nur noch ihn, alle anderen befinden sich außerhalb des Tunnels.

»Nimm deine Dreckpfoten von Caro, du blödes Stück Scheiße!«, brülle ich über die ganze Geräuschkulisse hinweg. Schieße los wie ein Pferd aus der Box bei einem Pferderennen. Hätte über glühende Kohlen laufen können, ohne es zu merken.

Er sieht mich auf sich zu rennen. Hebt taumelnd die Arme. Grinst. Wie immer grinst das Schwein. Die Hälfte des Weges habe ich geschafft. »Mörder! Mörder, du elender Mörder, ich bringe dich um!«, kreische ich und mein Speichel spritzt umher.

Caro ist erstarrt. Mitten im Tanz. Sie blickt mich an, die Augen weit aufgerissen. Die beschissen fröhliche Musik schreit in meinen Ohren, macht mich noch wütender. Das Ende des Tunnels kommt näher. Renne im Takt des Discofoxes. Grotesk. Da bin ich! Stehe vor ihm. Er macht keine Anstalten sich zu wehren. Er traut mir nicht zu, dass ich es wage.

Noch nie in meinem Leben habe ich mich geschlagen, weiß nicht, wie es sich anfühlt, wenn man jemanden die Faust ins Gesicht schlägt. Jetzt lerne ich es kennen.

Ich springe los, werfe ihn mühelos auf den Boden, schlage gleichzeitig mit voller Wucht auf seinen Kopf. Rote Flüssigkeit spritzt in mein Gesicht. Bin nicht mehr zu halten. Sitze rittlings auf ihm, schlage und schlage. Es ist so leicht. So einfach. Es tut nicht weh. Warmes Blut legt sich wie Samt auf meine Fäuste. Paradiesisch warm.

Will nicht aufhören. »Du hast sie umgebracht, du hast sie umgebracht«, schreie ich und schaffe es nicht, ihm sein Grinsen aus der Visage zu schlagen.

»Du Schwein hast sie umgebracht«, meine Schläge haben keine Kraft mehr. »Warum machst du sowas?«, flüstere ich. Kann nicht mehr.

Abrupt reißt mir jemand die Arme nach hinten. Schreie, werde zu Boden gerissen. Jetzt erwachen die Schmerzen in meinen Händen, die noch immer zu Fäusten geballt sind. Blutgetränkt. Sein Blut. Irgendwer zieht mich weg von Sebastian. Höre Sirenen. Stimmen. Schreie. Blaulicht kreist über mir.

Und da, wie eine Offenbarung, taucht Caros Gesicht auf. Weinend. Kummervoll. Entsetzt. Kann ihre Stimme nicht hören, aber ich weiß, was sie sagt: »Alles wird gut. Ich bringe das in Ordnung.«

»Ich habe dich gerettet, ich habe dich gerettet«, flüstere ich.

15

»Sie können gehen. Es wurde bisher keine Anzeige gegen Sie erstattet.«

Die Worte der Polizistin hallen in meinem Kopf nach, als ich das Polizeirevier verlasse.

Stehe orientierungslos vor dem Gebäude, versuche meine Gedanken zu ordnen. Ich betrachte meine Hände. Sie sind notdürftig bandagiert und brennen. Mich an alle Geschehnisse zu erinnern, ist wie ein Versuch mit Scheinwerfern den Nebel zu durchdringen.

Wo ist mein Handy? Suche fieberhaft in meiner Jacke. Endlich finde ich es, schalte es umständlich ein. Mich interessiert nicht, ob ich Nachrichten oder verpasste Anrufe habe, will nur wissen wie spät es ist. 05:45 Uhr. Ein menschenleerer Sonntagmorgen. Nur einige Gestalten, die vom Feiern nachhause kommen, suchen den Weg ins Bett.

Erinnerungsfetzen. Auch ich war aus gestern. Betrachte

den Mond im See, höre das Zirpen der Grillen. Das Rudolphs. Der Nebel löst sich auf. Im Zeitraffer sehe ich den ganzen Abend vor mir ablaufen. Sebastian hinter Caro. Meine Fäuste in seinem Gesicht. Sein Grinsen. Scheiße. Es war ihr Geburtstag. Vermisse sie, fühle mich abgeschnitten von ihr.

Jemand rempelt mich an. Taumele ein paar Schritte zur Seite. Muss hier weg und kenne den Weg nicht. Verdammt, will nachhause.

Wenn ich mit Sebastian zusammen war, herrschte nie Chaos. Er lies es einfach nicht zu. Kein Gejammer. Machen! Er stürmte drauflos und riss mich mit. Mein Körper erhob sich von der gebückten zur aufrechten Haltung. Vom Affen zum Neandertaler. Vom Neandertaler zum Menschen.

Dieser alberne Schlager von Mary Roos kommt mir in den Sinn:

Aufrecht gehen, aufrecht gehen, ich hab endlich gelernt, wenn ich fall aufzustehen.

Sebastian.

Spüre Wut und Liebe. Was er tat war krank. Oder bin ich krank? Leide ich unter Wahnvorstellungen. Kann ich Traum und Realität nicht mehr auseinanderhalten?

Dr. Bergmann lag richtig mit seiner Einschätzung und dem angeordneten Termin bei der Psychologin morgen. Vielleicht ist es für alle offensichtlich, dass ich nicht mehr ganz sauber ticke?

. . .

Schaue wieder aufs Handy. 05:58 Uhr. Mir ist, als würde ich hier schon ewig herumstehen.

Zusammenreißen.

Nachdenken.

Handeln.

Wo genau befinde ich mich? Logisch denken. Da ist die Kirche und links das Allecenter. Alles klar. Ich muss Richtung Kirche, dann über die Brücke und durch den Anderson Park. Will die Strecke zu Fuß gehen. So weit ist das nicht. Immer noch sind die Straßen leer. Die Glocken fangen an zu läuten, wie zu jeder Stunde. Wenn die Umstände nicht so übel wären, könnte ich den Spaziergang genießen. Milde Luft. Der Himmel sieht aus wie gemalt.

Stehe auf der Brücke. Das Wasser glitzert in der Sonne. Eine Entenfamilie schippert übers Wasser. Und immer noch das Glockenspiel. Der Tag umwirbt mich. Sollte alles hinter mir lassen. Aber mein Kopf ist mit Denken beschäftigt. Immer im Kreis herum.

Laufe weiter, nehme nichts wahr. Die gestrigen Bilder vermischen sich mit der Nacht, als Sebastian das Unaussprechliche tat. Sehe ihn grinsen. Das Lasso schwingen. Er will mich einfangen. Er schafft es und reißt am Seil. Bekomme keine Luft mehr. Plötzlich laufe ich gegen ein Hindernis. Nein, es ist eine junge Frau.

»Entschuldigung«, murmel ich und fasse nicht, wie schön sie ist. Ihr Lächeln reißt mich fast um. Unterdrücke den Drang, mich umzudrehen, damit kann doch nicht ich gemeint sein.

»Ich muss mich entschuldigen, war in Gedanken. Ein wunderschöner Tag, nicht wahr?!« Diese Stimme. Warm und liebenswürdig. Sie meint tatsächlich mich. Räuspere mich, streiche mir eine nicht vorhandene Strähne aus der Stirn. Will weitergehen. Meine Füße kleben am Gehsteig. Bin eingefangen von ihrem unsichtbaren Netz. Mein Gott, ist diese Frau bezaubernd.

»Ja, unfassbar schön dieser Tag. Ich muss dann weiter.« Gott, was für ein blöder Satz. Räuspern. Noch immer im Netz verfangen.

»Vielleicht kannst du mir weiterhelfen?«, fragt sie mich unerwartet.

Klar helfe ich dir weiter. Ich mach, was du willst. Ich bin dein Diener.

»Ich suche die Redusstraße.«

Fange an zu lachen, kann kaum aufhören. Klinge, als wäre ich wahnsinnig.

»Die Redusstraße suchst du?«

Du hast den besten Helfer gefunden, den du finden konntest.

»Da wohne ich. Bin gerade auf dem Weg dorthin.« Meine Stimme vibriert vor Freude. Am liebsten wäre ich wie Rumpelstilzchen ums Feuer gerannt.

»Komm doch mit mir.« Gott, wie dumm sich das anhört. »Hey, nicht zu mir nachhause. Na du weißt schon. Du brauchst mir nur zu folgen.« Wie ein pubertierender Junge. Sie lächelt nur.

Jetzt und hier könnte die Erde sich spalten. Angst und Schrecken in der Luft liegen. Sie bräuchte nur zu lächeln und die Erde würde sich wieder schließen.

Sie hakt sich bei mir ein. Wirklich. Ist das einer dieser Träume? Das kann nur ein Traum sein.

Unwillkürlich setze ich mich in Bewegung. Mit ihr an meinem Arm. Fühlt sich wie schweben an. Was für ein Kontrastprogramm. Verstohlen betrachte ich sie von der Seite und grinse vor mich hin. Da ist nichts Sexuelles in meinen Gedanken. Ich liebe Caro. Diese Frau ist wie ein Sonnenaufgang. Warm und hell.

»Da wohnt man schon so lange in dieser Stadt und kennt sich so wenig aus.« Ihre Stimme klingt in meinem Inneren nach.

»Was gibt es denn in dieser Straße, das dich da hintreibt?«, stottere ich kopflos. Neben dieser Frau wird mir alles egal.

»Ich besuche meine Freundin.« Sie hätte auch sagen können, ich will ein Brot kaufen. Jedes Wort ein himmlischer Ton. Jeder Satz ein wundervoller Song.

Sie hat mich verzaubert. Anders kann ich mir nicht erklären, warum ich so reagiere. Den ganzen Scheiß der letzten Tage hat sie zu einer kleinen Papierkugel zusammengeknüllt und weggeschnipst.

Unsere Blicke treffen sich. Stehe vor der Mona Lisa, darf sie betrachten und berühren. Verlegen sehe ich wieder weg.

»Was hast du denn mit deinen Händen gemacht?«

»Ach, das war ein Missverständnis.« Habe ich das wirklich gesagt, ein Missverständnis? An ihrer Seite hat nichts Negatives mehr eine Bedeutung. Gott, was ist mit mir los?

Wir biegen in unsere Straße ein. Warum bin ich geradewegs nachhause? Hätte es gern länger ausgekostet.

Mein Blick ist auf sie geheftet und ich bemerke nicht, dass wir bereits an meiner Haustür vorbeigegangen sind. Auch nicht das jemand Bekanntes im Eingang steht.

»Da sind wir!« Sie bleibt abrupt stehen. »Nummer 17, da wohnt sie.«

»Ich wohne Nummer 13, nur zwei Eingänge entfernt.«

Toll, wer will das wissen? Sie löst ihren Arm von meinem. Die Stelle fühlt sich sofort kalt an, verlassen. Sie steht da und lächelt. Wie tausend Diamanten. Gott, wie kitschig, aber mir fällt nichts anderes ein. Ein Lächeln wie tausend Diamanten.

»Übrigens, ich heiße Melanie. Vielen Dank fürs Lotsen.«

Starre sie mit offenem Mund an. »Ich bin Rick«, stammel ich.

Sie hört nicht auf zu strahlen, beugt sich vor, küsst mich auf die Stirn und dann auf den Mund.

»Danke Rick«, haucht sie. In mir schreit es. *Halt sie fest, lass sie doch nicht so einfach gehen.*

»Bist du öfter hier, bei deiner Freundin?«

»Vielleicht. Warum fragst du? Du hast doch eine Freundin.« Woher weiß sie das? Merkwürdig.

»So wie du aussiehst, schätze ich das mal.«

Irgendwie erleichtert mich diese Erklärung.

»Ja, ich bin vergeben. Sehr glücklich sogar. Dachte, wir könnten mal einen Kaffee trinken.« In dem Moment als ich den Satz ausgesprochen habe, merke ich, wie sinnlos das ist. Wie hätte ich erklären sollen, dass dieses zauberhafte Wesen es richtig versteht?

»Ja klar, wenn es sich ergibt. Muss los, meine Freundin wartet. Machs gut.« Sie dreht sich um und geht.

. . .

Wow, dieser Abgang kommt abrupt. Wahrscheinlich habe ich mich in etwas reingesteigert. Dieses wundervolle Gesicht werde ich nicht so schnell vergessen.

Diamanten.

Vor meiner Haustür erwartet mich Caro. Ihr Gesicht drückt das Gegenteil von fröhlich aus. Sie wirkt angespannt und stiert mich wütend an. Bevor ich irgendwas sagen kann, dreht sie sich ruckartig um und stürmt davon.

Mein Mund ist taub. Mir fehlen sämtliche Worte. Eben noch schwamm ich auf dem Meer der Glückseligkeit, jetzt könnte ich jeden Moment ertrinken. Die Lichter gehen aus. Kein Glitzern mehr, kein Strahlen. Statt Caro hinterherzulaufen, sie aufzuklären, schließe ich die Haustür auf und wanke hinein.

Fuck!

16

Seit 25 Minuten lässt sie die Eingangstür des Cafés nicht aus den Augen. Gäste kommen und gehen. Leute, die offensichtlich Tagesfreizeit haben. Endlich betritt eine junge Frau die Location. Ihre Blicke begegnen sich, sie winkt dem Mädchen lächelnd zu. Sie lächelt erleichtert zurück, geht an den vollbesetzten Tischen vorbei zur Schwarzhaarigen. Die anderen Besucher verrenken ihre Köpfe. Das Mädchen ist so makellos schön wie eine knospende Rose.

»Setzen Sie sich«, sagt die Schwarzhaarige. Sie trägt eine dunkle Sonnenbrille, zerrissene Jeans und derbe Stiefel, trinkt einen schwarzen Kaffee. Die junge Frau setzt sich, legt ihre Hände in den Schoß, wartet.

»Möchten Sie etwas trinken, Frau ...?«

»Nein danke. Will nur meine Bezahlung!«

Die Schwarzhaarige bleibt regungslos: »Welchen Namen haben Sie ihm gesagt?«

Sie antwortet: »Melanie«, und klackert mit den Fingernägeln auf die Tischplatte.

Die Schwarzhaarige wirft ihr einen abschätzigen Blick zu. »Hat seine Freundin Euch gesehen?«

»Hören Sie«, Melanie rückt näher heran. »Es ist alles so gelaufen, wie Sie es wollten, habe ihn umarmt und geküsst. Seine Freundin hat zugeschaut!«

»Wie hat sie reagiert?«

»Sie ist wutentbrannt davongelaufen.«

Der Schwarzhaarigen huscht ein Lächeln über das Gesicht.

»Ich habe nicht ewig Zeit«, drängt die junge Frau, »bitte meine Bezahlung.«

»Das Geld liegt in meinem Wagen.« Sie nimmt einen Schluck Kaffee, als hätte sie alle Zeit der Welt. Mit einem Ruck steht Melanie auf.

»Ich warte draußen.« Mit diesen Worten verlässt sie das Café.

Kurze Zeit später steht auch die Andere auf, zieht ihren Mantel an und folgt ihr.

»In der Querstraße steht mein Auto. Bitte nach Ihnen.«

»Der Schwarze da. Er ist offen, steigen Sie ein.«

Melanie schüttelt den Kopf. »Geben Sie mir einfach das Geld raus und ich bin weg!«

»Ich möchte nicht, dass wir gesehen werden. Bitte einsteigen. Auf die Rückbank. Für diese fürstliche Bezahlung sollte das drin sein.« Die Stimme lässt keine Widerrede zu.

Unwillig folgt Melanie der Anweisung. Die Schwarzhaarige setzt sich neben sie. Als Melanie das Klicken der Verriegelung hört, bemerkt sie, dass das gesamte Auto mit Plastikfolie ausgelegt ist. Entsetzt schaut sie die Frau an, die gerade seelenruhig ihre Sonnenbrille abnimmt. Zum ersten Mal blickt sie in ihre Augen und erstarrt. Bevor sie etwas sagen kann, spürt sie einen glühenden Schmerz im Unterleib. Mit dem zweiten Stich ins Herz verschwimmt alles, sie friert und schließlich vergeht der Schmerz.

Die Schwarzhaarige stößt einen leisen Pfiff aus, als sie das blutige Messer betrachtet.

Diese japanischen Messer sind extrem scharf.

17

Erwache schweißgebadet. 1:35 Uhr. Vor mir morpht das Gesicht von Melanie zu Caro und wieder zurück. Eine kurze Begegnung, die mich nicht loslässt. Caros wütendes Gesicht verscheucht das Bild von Diamanten.

Wenn ich daran denke, wie sie vor meiner Tür stand, offenkundig nach mir sehen wollte, obwohl ich ihre Feier gesprengt habe und dann die Szene mit Melanie beobachtet hat. Fühle mich wie ein Arschloch und wahrscheinlich bin ich das auch. Will mich entschuldigen und ihr alles erklären. Muss ihr sagen, dass ich dachte, Sebastian wollte sie umbringen und dass ich glaube gesehen zu haben, wie er Katrin tötete.

Scheiße, nur glaube? Er hat es getan! Seine Provokation ist Beweis genug.

Hat er dich wirklich provoziert? Hast du wieder etwas gesehen, das gar nicht da war?

Katrin ist der Schlüssel. Ich muss erst mit ihr sprechen. Nicht schreiben. Reden. Erschrocken bemerke ich, dass ich mir fast wünsche, dass sie tot ist, damit ich nicht als Wahnsinniger dastehe.

Werde das alles der Psychologin erzählen. Sie unterliegt der ärztlichen Schweigepflicht. Womöglich gebe ich ihr damit einen Grund mich einliefern zu lassen? Und unter Umständen wäre das gut. Für Sebastian. Für Caro. Für mich.

Ein Poltern schreckt mich aus meinen Gedanken. Lausche. Versuche nicht zu atmen. Irgendwann muss ich wieder Luft holen. Mir wird schwindlig. Verschlucke mich. Huste, dass ich fast brechen muss. Ganz großes Kino. Lautlosigkeit funktioniert anders. Panik setzt sich zwischen Kopf und Schultern. Da wieder! Was ist das? Näher jetzt.

Mein Gott Rick, das ist dein Magen, der grummelt.

Draußen erneutes Poltern.

Will etwas rufen, sowas wie »ist da jemand?« Kein Ton kommt aus meiner Kehle. Schlucke trocken. Kann mich nicht bewegen. Wieder lausche ich.

Poltern.

Sebastian schießt es mir in den Kopf. Nur er besitzt einen Schlüssel, niemand sonst.

Meine Fäuste sind geballt.

»Sebastian?«, rufe ich, »bist du das?«

Ohrenbetäubende Stille.

Die Starre lässt nach. Setze einen Fuß vor den anderen.

»Sebastian?«

Seinen Namen zu rufen macht mir Mut. Bewege mich Richtung Tür. Habe sie fast erreicht.

»Ich weiß, dass du das bist. Was soll der Scheiß?«

Meine Hand liegt auf der Türklinke und obwohl sie siedend heiß scheint, drücke ich sie runter, denke noch, die Tür geht nach innen auf, da kommt sie mir mit voller Wucht entgegen. Werde zu Boden geschleudert und Schmerz durchblitzt meinen Körper. Rauschen in den Ohren. Etwas läuft mir in die Augen. Muss mich sammeln. Will aufstehen, mich abstützen, greife ins Leere und falle erneut. Mein Kopf knallt gegen einen harten Gegenstand. Das Bett. Höre durch Watte, wie die Wohnungstür ins Schloss fällt.

Stille.

Irgendwann bootet sich mein Körper ins Bewusstsein zurück. Kann wieder hören. Lichtblitze. Wie eine Neonröhre, die flackert, bevor sie leuchtet. Der Schmerz kehrt zurück. Erst ein Kribbeln in den Händen, dann kommt das Gefühl wieder. Schmecke Blut. Spüre die pochende Wunde an meiner Schläfe. Rappel mich auf. Taumel zur Tür. Im Flur muss ich mich neu orientieren, stolpere die acht Meter ins Bad.

Sehe mein Spiegelbild. Übergebe mich. Kralle mich am Waschbecken fest. Draußen weit entfernt, wie aus einer anderen Welt, höre ich das Telefon klingeln. Schrill, laut. Einmal, zweimal, dreimal. Kann nicht mehr, will nicht mehr. Jetzt klingelt es an der Wohnungstür. Jemand donnert dagegen. Eine Stimme, die sich fast überschlägt, schreit: »Es reicht jetzt endgültig, kommt das nochmal vor, rufe ich die Polizei!«

Halte meine Ohren zu. Das Klingelkonzert ebbt nicht ab.

Schreie, versuche, alles zu übertönen.

Alle Gedanken.

Jedes Bild.

Meine Panik.

Höre nichts mehr.

Dann ein hohes Pfeifen.

Falle.

Spüre den Aufprall.

Glatte, kalte Fliesen.

Dunkelheit.

Habs geschafft.

Endlich Stille.

18

Kann mich kaum bewegen, als ich zu mir komme. Wie lange liege ich hier? Bestaste die schmerzende Stelle an meinem Kopf. Schorf. Fühle mich selbst wie eine rissige Wunde. Innen wie außen.

Mein Termin bei Frau Dr. Neschlin fällt mir ein. Scheiße, wie spät ist es? Darf ihn nicht versäumen. Nach all den Ereignissen ist er wichtiger denn je.

Ziehe mich ächzend am Waschbecken hoch. Wie in einem Horrorfilm erscheint mein Spiegelbild vor mir. Blutunterlaufene Augen, aufgequollenes Gesicht.

Was ist nur aus dir geworden?

Die Wunde ist kleiner, als ich sie mir vorgestellt habe. Vielleicht stelle ich mir grundsätzlich alles schlimmer vor, als es wirklich ist? War Sebastian gestern hier? Was wäre, wenn mir mein Hirn Fake News auftischt?

. . .

Schleiche ins Schlafzimmer zurück, das wie ein Tatort aussieht. Blut an der Tür und auf dem Laken, das Bett steht schief. Die Sonne scheint unbarmherzig durch das Schlafzimmerfenster, feine Staubflocken wirbeln in jedem einzelnen Strahl auf und ab.

Mein Handy liegt auf dem Boden. Hoffe, es ist nicht kaputt gegangen. Erleichterung durchflutet mich, als ich feststelle, dass es noch zwei Stunden bis zum Termin sind.

Schleppe mich zurück ins Bad und stelle mich unter die Dusche. Was wollte Sebastian hier? Oder war es ein Einbrecher? Das wäre ein komischer Zufall. Aber möglich. Wohne im obersten Stockwerk, der Lieblingsetage von Einbrechern. Hier kann man ungestört seiner Arbeit nachgehen, da im Normalfall nur der Bewohner selbst stören kann.

Das Wasser färbt sich rosa, die Wunde brennt. Spüle lange, bis das Wasser klar bleibt. Wenn ich alles so einfach wegspülen könnte. Bleibe eine Ewigkeit unter dem warmen Strahl. Irgendwie tröstlich. Trockne mich ab, rasiere mich, suche Klamotten raus. Blicke auf die Uhr. Eine halbe Stunde noch.

Mir ist unwohl. Therapiesitzungen kenne ich nur aus Filmen. Vermutlich läuft das in der Realität anders ab. Zugegeben, ich habe etwas zu erzählen, das wie aus einem schlechten Film ist.

Vor der Haustür bleibe ich einen Moment stehen, um die

Sonne zu spüren. Mein Handy klingelt. Es ist Caro. Schnell gehe ich ran.

»Hallo Caro, wie schön, dass ...«

Sie unterbricht mich abrupt: »Hast du die Zeitung schon gelesen?« Ihre Stimme zittert.

»Nein, ich bin unterwegs zu ...«

Erneut fährt sie mir über den Mund: »Ist das die Frau von gestern?« Sie wartet keine Antwort ab, legt einfach auf. Was war das denn für ein merkwürdiger Anruf? Die Zeit drängt. Kann ich mich erst nach dem Termin darum kümmern.

An der Ecke kaufe ich mir wie ferngesteuert eine Zeitung. Heute werde ich alle zur Rede stellen. Erst Caro. Dann werde ich mit Sebastian sprechen. Das hier muss aufhören. Alles. Sonst drehe ich durch.

Kurz vor der Praxis siegt meine Neugier, blättere fahrig durch die Gazette und brauche nicht lange, um die besagte Stelle zu finden. Unter der Überschrift: »*Wer kennt diese Frau*?«, prangt das Bild einer Toten. Erkenne sie sofort.

Diamanten.

Sie glitzern nicht mehr. Melanie ist tot? Hastig überfliege ich die Zeilen. An einem Satz bleiben meine Augen hängen:

»Passanten fanden die Leiche gestern Nachmittag in der Redusstraße …«

Meine Knie werden weich, kann mich kaum noch auf den Beinen halten. Jetzt knallt die Erkenntnis durch, warum Caro mich angerufen hat. Ich höre die nicht ausgesprochene Frage:

»Hast du etwas mit ihrem Tod zu tun?«

19

Kann mich nicht erinnern, wie ich in die Praxis gekommen bin. Plötzlich stehe ich im Gebäude. Meine Augen scannen den Raum ab. Er ist rund. Habe ich noch nie gesehen sowas. Die Einrichtung wirkt kalt. Weiß und Chrom. Vor mir ein Tisch mit schwarzem Glas. Wie ein dunkler Fleck in der sterilen Umgebung. Ein Teil, das aus der Ordnung des Zimmers abweicht. Wie ich.

Sie ist tot. Sie ist tot. Sie ist tot. Zwei tote Frauen.

Setze mich in den leeren Warteraum. Meine Gedanken rasen wie durch einen Flipper, finden kein Ziel, fallen ins Aus. Immer mehr Kugeln kommen ins Spiel. Es leuchtet und blinkt, aber kein einziger Impuls ist verwertbar. Ich schüttel meinen Kopf im hirnverbrannten Glauben, die Kugeln würden irgendwo herausfallen.

. . .

»Herr Ender treten Sie bitte ein.« Eine Tür wird geöffnet. Stille in meinem Kopf, Blei in meinen Füßen.

»Herr Ender?«, erklingt die Stimme erneut.

Stehe auf, renne durch die Tür, als müsste ich Anlauf nehmen und stehe in einem dreieckigen Raum. Ich bin von einem runden Raum in einen Dreieckigen gegangen.

»Kommen Sie herein, ich beiße nicht«, zischt sie. Und ich tue, wie mir befohlen, gehe hinein. Bewege mich auf die Spitze des Dreieckes zu, wo der wuchtige Schreibtisch steht. Dahinter thront sie, blickt mich nicht an. Scheint vertieft in eine wichtige Sache auf ihrem Laptop zu sein. Durch den Schein des Bildschirms kann ich ihr Gesicht sehen. Nicht schön, aber attraktiv. Wangenknochen, die etwas hervorstehen. Erkenne Strenge und Wohlwollen. Zwei Gegensätze, die sich in ihren Gesichtszügen ausbalancieren. Sie liest konzentriert.

Ihre Augen! Ein Déjà-vu-Gefühl. Kenne ich sie? Sie schaut auf. Unsere Blicke treffen sich und das Empfinden, ihr vorher schon begegnet zu sein, verstärkt sich.

»Sie sehen aus, als hätten Sie einen Geist gesehen? Setzen Sie sich.« Sie deutet auf den Zweisitzer vor ihrem Schreibtisch. »Kleinen Moment, bin gleich für Sie da.«

Ohne eine Reaktion abzuwarten blickt sie wieder auf ihren Bildschirm. Setze mich. Rutsche auf dem Sofa herum, kann mich nicht entscheiden, ob ich rechts oder links sitzen soll. Wie absurd.

Dein Leben ist absurd.

. . .

Kommt mir wie eine Ewigkeit vor, als sie sagte, sie sei gleich bei mir. Taktik? Will sie mich hinhalten? Eine Reaktion herausfordern? Sie schließt den Laptop und erhebt sich. Instinktiv schnelle ich auch auf. Sie mustert mich ungeniert.

In welche Schublade steckt sie mich gerade? Sicher hat sie bereits mein zögerliches Betreten der Praxis bewertet. Instabile Persönlichkeit oder sowas. Betrachte sie ebenfalls. Attraktiv, makellose Haut, obwohl sie die 60 längst überschritten haben dürfte, lange Beine, elegantes Kleid.

Sie reicht mir die Hand. »Hallo Herr Ender, schön, dass Sie hier sind.«

»Guten Tag, Frau Dr. Neschlin«, antworte ich höflich. Warmer, starker Händedruck. Kalte, starke Frau.

»Setzen Sie sich bitte«, sagt sie auf die gleiche autoritäre Art, wie meine Mathelehrerin früher. Entscheide mich für die Mitte des Sofas. Sie zieht Block und Kugelschreiber hervor. Klick. Sie ist bereit.

»Warum sind Sie hier?« Kein Vorspiel. Sie nimmt den direkten Weg.

»Warum bin ich hier?«, antworte ich gebremst. Kralle mich an die Lehne des Sitzmöbels. Seit Tagen überlege ich, was ich sagen soll und bin doch unvorbereitet.

»Ehrlich gesagt weiß ich das nicht genau.«

Wir starren uns an. Keine sichtbaren Emotionen bei Frau Doktor. Ihr eisgrauer Blick erzeugt Unbehagen.

»Was fühlen Sie gerade Herr Ender?«

Als hätte sie mit dieser Frage einen Schalter bei mir umgelegt, sprudeln die Worte heraus.

»Ich fühle mich beobachtet, kann kaum schlafen. Wenn ich es tue, träume ich Unsinn und ich höre Stimmen.«

Klingt idiotisch, aber ich kann nicht aufhören zu reden. Zu lange habe ich einen Deckel draufgehalten.

Sie nickt mir ermutigend zu.

»Wache mit Angst auf. Keine Ahnung wovor. Mein Leben steht auf dem Kopf und ich traue mir selbst nicht mehr. Vielleicht bin ich ... «, das Wort bleibt mir im Hals stecken.

Ihre Miene bleibt ausdruckslos, zeigt keine Bewertung. Sie schreibt etwas in ihren Block und dann liegt ihre Aufmerksamkeit wieder bci mir.

Will aufstehen und herumlaufen. Stress abbauen. Bleibe sitzen und erzähle weiter. Rede drumherum. Beschreibe meine Symptome, lasse ihren Ursprung aus. Keine Ahnung, wie lange das gedauert hat. Irgendwann höre ich meinen jammervollen Tonfall und verstumme.

Die Ärztin sieht mich nicht an. Schreibt wieder. Kein Kommentar. Keine Fragen, kein Trost. Kein einziges Wort. Stille. Als wäre eine schalldichte Scheibe zwischen uns.

Wie in Zeitlupe hebt sie den Kopf und blickt mich an. Die Welt schaltet sich wieder ein. Wo bin ich ihr vorher begegnet?

. . .

Sie öffnet den Mund und beginnt zu sprechen. Mit jedem Wort kommt wieder Farbe in den Raum, gewinnt mein Umfeld an Kontur.

»Wenn Ihre Tränen sprechen könnten, was würden sie erzählen?«, fragt sie, zwingt mein überreiztes Hirn nachzudenken. Aus dem Überlegen wird Wut. Sie behandelt mich wie einen kleinen Jungen. Wie Sebastian.

»Och, Ricksi, ist das Leben mal wieder Scheiße zu dir?«

Die Art, wie er das immer sagt, macht mich aggressiv.

»Herr Ender, beantworten Sie bitte die Frage!«

»Schwachsinn. Meine Tränen erzählen gar nichts«, sage ich genervt.

»Was fühlen Sie bei dieser Frage?«

»Aggressionen. Habe das Gefühl, Sie nehmen mich nicht ernst.« Richte mich auf und straffe die Schultern.

»Fühlen Sie sich oft nicht ernst genommen?«

»Ja«, antworte ich schroff.

»Haben Sie mir alles erzählt, was Sie mir erzählen wollten?«

Sie lässt sich nichts vormachen.

»Für heute genug!«, sage ich matt.

»Sie wissen, dieser Termin ist noch kein Teil der Behandlung, nur ein Kennenlernen?« Sie beugt sich vor und fragt: »Was erwarten Sie von einer Therapie?«

»Ich weiß es nicht«, und das ist die volle Wahrheit.

»Träumen sie oft?«

»Oft? Ich kann manchmal nicht unterscheiden, was Traum und Wirklichkeit ist«, sage ich und pule an meinen Händen herum.

»Haben Sie ein Beispiel?«

Schlucke trocken.

»Ich unterstehe der ärztlichen Schweigepflicht. Egal, was Sie mir hier erzählen, es bleibt unter uns.«

Ihre Menschenkenntnis ist außerordentlich. Warum sonst weist sie in diesem Moment darauf hin?

»Ja, da gibt es etwas.« Wie auf Kommando fange ich an zu schwitzen, versuche, mit Bedacht zu sprechen.

»Ich bin eines Nachts aufgewacht. Jedenfalls denke ich das. Da waren Geräusche aus der Küche, von meinem Freund und einer Frau. Sie hatten eindeutig Sex.«

Sehe die Szene vor mir, während ich erzähle: »Ich musste auf die Toilette und kam an der Küche vorbei. Die Tür stand einen spaltbreit offen.«

Halte inne. Bisher fand alles nur in meinem Kopf statt, es auszusprechen fühlt sich an, als würde ich Sebastian mit meinen Worten zum Mörder machen.

»Entschuldigung, hätten Sie ein Glas Wasser?«

Sie sieht auf und nickt. »Natürlich«, sagt sie und bringt mir eine kleine Flasche Mineralwasser.

»Bitte sehr«, sagt sie und lächelt mich zum ersten Mal an. Fast mütterlich. Ich nehme das Wasser wie ein Verdurstender. Meine Hände zittern. In einem Zug trinke ich es aus. Die Kohlensäure brennt in meinem Hals.

»Sie sehen die beiden beim Sex«, erinnert sie mich.

»Ja, aber plötzlich hielt er ein Messer in der Hand.« Warte auf eine Reaktion. Sie zeigt weiterhin ihr Pokerface, schreibt abermals auf ihrem Block.

»Und schnitt ihr die Kehle auf.«

Hab es ausgesprochen. Leichter als erwartet.

Ohne mich anzusehen fragt sie: »Was haben Sie dann getan?«

»Ich weiß es nicht mehr«, flüstere ich. Bin konfus. Mir ist, als würde ich neben mir sitzen und mich selbst beobachten.

Guck dir mal den Spinner an, wie der da sitzt. Was für einen Stuss er von sich gibt.

»Ist Ihnen nicht gut?«, fragt sie mich von irgendwo außerhalb. Plötzlich sehe ich das Messer in meiner Hand. Überall Blut. Will schreien.

Die Psychologin sitzt auf einmal neben mir, reicht mir nochmal Wasser.

»Trinken Sie.« Ihre Stimme ist nicht mehr gefiltert. Fühle mich wie nach einer durchzechten Nacht.

»Wenn Sie nichts dagegen haben, möchte ich Sie übermorgen wieder sehen. Dann beginnen wir mit der Therapie. Bleiben Sie noch einen Moment sitzen, so können Sie nicht auf die Straße gehen.«

Mir ist alles egal. Ich nicke nur. Trinke das Wasser in kleinen Schlucken. Sie legt ihre Hand verständnisvoll auf meine Schulter.

»Wenn Sie soweit sind, machen Sie bitte die Tür hinter sich zu. Wir sehen uns am Mittwoch um 14:00 Uhr.«

»Danke.« Bin zu erschöpft zu widersprechen. Erhebe mich. Der Boden bewegt sich. Verlasse den dreieckigen Raum. Verlasse den runden Raum. Draußen knallt mir die Sonne ins Gesicht. Versuche, mich zu sammeln.

Muss mit Sebastian reden. Jetzt. Von Angesicht zu Angesicht.

Mein Entschluss zu handeln gibt mir Kraft und ich rufe ein Taxi. Wir brettern durch die Stadt als könnte der Fahrer spüren, dass ich eine Entscheidung getroffen habe, die keinen Aufschub duldet. Bezahle, steige aus.

Stehe wieder vor seinem Haus. Jetzt oder nie. Drücke auf die Klingel und warte. Nichts passiert. Vielleicht ist er nicht da, denke ich hoffnungsvoll und möchte mich ohrfeigen.

Aus den Augenwinkeln nehme ich eine Bewegung wahr. Auf der anderen Straßenseite steht jemand und blickt zu mir herüber. Betätige nochmal den Klingelknopf. Sehe wieder zu der Gestalt. Kann nicht erkennen, ob es eine Frau oder ein Mann ist. Will der etwas von mir?

Sebastian ist nicht zuhause oder will die Tür nicht öffnen. Nach unserer letzten Begegnung auf dem Geburtstag kann ich ihm nicht verübeln, dass er mich nicht sehen will.

Blicke mich wieder um und erschrecke. Die Person bewegt sich auf mich zu. Klingle erneut. Diesmal aus Verzweiflung. Von der Statur her könnte es ein Mann sein. Schwarz gekleidet, Kapuze über den Kopf gezogen. Zum Glück wird er vom Verkehr auf der Straße aufgehalten.

. . .

Muss mich sofort entscheiden. Er findet eine Lücke und rennt ein paar Schritte. Das mache ich jetzt auch. Orientiere mich nach links. Nach kurzer Zeit brennt meine Lunge. Renne weiter. Drehe mich rasch um. Der Typ verfolgt mich wirklich. Der Rotz läuft mir aus der Nase, schnaufe wie eine Robbe. Lange halte ich das Tempo nicht mehr durch. Scheiße, wer ist das?

Nehme Kurs auf die Straße und renne einfach zwischen die fahrenden Autos. Hupen und Flüche.

Geschafft!

Bin auf der anderen Seite. Möchte stehen bleiben und verschnaufen.

Er hat die Straße überwunden.

Man, was willst du von mir?

Die Angst verleiht mir Kräfte, laufe weiter.

Unvermittelt fällt mir auf, dass ich nicht mehr weit entfernt von Caros Wohnung bin. Das muss Instinkt gewesen sein. Der Gedanke an sie lädt meine Beine nochmal auf und ich laufe schneller.

Er ist immer noch hinter mir.

Nur noch zwei Straßenzüge und ich bin am Ziel. Brauche mich nicht umsehen, höre seine Schritte. Er hat aufgeholt. Erreiche die erste Straße. Schnaufe mittlerweile wie eine Dampflok. Das Hemd klebt an meiner Haut.

Bitte sei zuhause Caro. Bitte!

Mir ist schlecht. Meine Schritte werden immer kürzer, bekomme nicht genug Luft in die Lunge. Versuche, das Tempo zu erhöhen, brauche Vorsprung. Was mache ich, wenn sie nicht zuhause ist?

Meine Beine sind wie Gummi. Was hat er vor? Ihr Haus taucht wie eine Wüstenoase vor mir auf.

Noch 20 Meter. Hole nochmal alles aus meinen Muskeln raus.

15 Meter. Hinter mir Schritte und Schnaufen. Kann mich nicht mehr umsehen. Zehn Meter. Strauchle kurz. Renne um mein Leben.

Fünf Meter. Drei. Zwei.

Hechte gegen die Tür. Hämmere auf alle Klingelknöpfe. Immer wieder. Sehe aus dem Augenwinkel die Gestalt ganz nah. Habe das Gefühl ihren Atem zu spüren. Hämmere.

Aus der Gegensprechanlage ertönen mehrere Stimmen: »Wer ist da?«

»Caro. Mach auf!«, brülle ich. Plötzlich ertönt der Summer und ich falle in den Hausflur, als die Tür sich öffnet. Mit einem Schrei knalle ich sie hinter mir zu. Will verschnaufen. Aber ich bin mir nicht sicher, ob ich schon in Sicherheit bin.

Nehme alle Kräfte zusammen und renne die Treppe hoch zu Caro. Klingel, donnere mit beiden Fäusten gegen die Tür. Caro öffnet sie. Als ich ihr Gesicht sehe, falle ich auf die Knie.

20

»Rick, mein Gott, was ist denn passiert?«

»Mach die Tür zu!« Caro blickt mich irritiert an, hockt wie paralysiert im Flur.

»Verdammt, schließ die Tür. Sofort!«

Sie zuckt zusammen, springt auf, schließt die Tür und ich atme auf. Sicherheit. Die währt nur kurz. Warum sollte jetzt alles vorbei sein?

»Steht der Typ noch da?«, Sie sieht mich ratlos an.

»Caro?«, versuche ich sie aus ihrer Starre zu holen. Sie scheint nicht zu verstehen, was ich von ihr will.

»Carola kannst du bitte vom Fenster aus nachsehen, ob der Typ noch da ist?« Ihren Namen in voller Länge zu hören, verärgert sie. Zugleich ist es ein Weckruf, denn sie geht los zum Fenster.

»Kannst du mir mal verraten, was los ist?«, fragt sie aufgebracht.

»Mach das Licht vorher aus!«, schreie ich.

Sie bleibt abrupt stehen und keift: »Was ist denn mit dir nicht in Ordnung?«

»Mach das Licht aus und sieh nach, ob der Typ noch da steht. Was ist daran nicht zu verstehen?«

»Dir ist doch nicht mehr zu helfen!«, schleudert sie mir entgegen, schaltet die Lampe aus, geht zum Fenster und schaut hinunter. Beklommen erhebe ich mich. Jetzt, da ich die ganze Scheiße rekapituliere, könnte ich wild werden, hoffe inständig, dass er weg ist.

Caro scheint niemanden zu sehen, sagt aber auch nichts. Unterdrücke das Verlangen sie anzuschreien und sie um eine Antwort zu bitten. Nach einigen Sekunden halte es nicht mehr aus und zische, als könnte man uns sonst auf der Straße hören: »Ist der Typ noch da? Rede mit mir! Bitte Caro, was siehst du?«

Sie reagiert nicht. Meine Augen bohren sich in ihren Rücken und ich fühle Wut in mir hochkochen. »Caro.« Jeder Buchstabe ihres Namens ist langgezogen.

»Meinst du den großen Mann, der in schwarz gekleidet ist?« Meine Nackenhaare stellen sich auf. Die Hoffnung fällt in ein Loch ohne Boden. Kralle mich am Türrahmen fest.

»Ich kann sein Gesicht nicht erkennen, er hat eine Kapuze auf.«

Das hier ist kein Traum. Was mich in einer anderen Situation gefreut hätte, nimmt mir jetzt die Luft.

»Es sieht aus, als würde er hochsehen.«

Rumms! Der Dolch, der schon in mir steckt, wird zusätzlich herumgedreht. Will schreien.

Caro dreht sich zu mir. »Du sagst mir jetzt sofort, wer

das ist!« Wie ein trotziges Kind steht sie vor mir. »Rick, wer ist das? Was will der von dir?«

Ich antworte nicht. Was soll ich auch sagen? Dann fällt mir etwas ein.

»Hast du Katrin gesehen oder mit ihr gesprochen?«

Stille. Ihre Ratlosigkeit ist fühlbar. Etwas geht in ihr vor und das schreit mir nun ins Gesicht. »Sag mal, hast du total den Verstand verloren? Du fragst mich ständig über Katrin aus. Siehst sie plötzlich, obwohl ich dir gesagt habe, dass sie nicht in der Stadt ist. Du machst aus meiner Party ein totales Desaster. Prügelst auf deinen besten Freund ein wie ein Irrer. Wir mussten die Polizei holen, da dich niemand mehr bändigen konnte.« Sie hält kurz inne und blickt mich an, als wäre ich der allerletzte Mensch.

»Ich hätte zu diesem Zeitpunkt schon alles beenden sollen! Wie oft soll ich dir das noch sagen, Katrin geht es gut.«

Kann ihr ansehen, dass sie noch nicht fertig ist, sie holt Luft für den nächsten Schlag: »Ich blöde Kuh bin zu dir nachhause gegangen, weil ich auf ein klärendes Gespräch hoffte. Stattdessen sah ich dich mit einer anderen Frau, Arm in Arm. Ihr habt euch vor meinen Augen geküsst verdammt noch mal. Und am nächsten Tag muss ich lesen, dass man diese Frau tot in deiner Straße gefunden hat. Und jetzt donnerst du gegen meine Tür, weil du dir einbildest, verfolgt zu werden?!« Sie ringt nach Luft.

»Ich will, das du gehst! Aber vorher erklärst du mir, was das alles soll!«

. . .

Sie schaltet das Deckenlicht an. Ihr wutentbranntes Gesicht entstellt sie. Kurz schließe ich die Augen. »Gib mir ein paar Minuten«, beschwöre ich sie.

»Du bekommst eine Minute um es mir zu erklären. Alles. Das mit Katrin, mit dieser toten Frau, mit Sebastian und mit diesem Typen, der vor meinem Haus steht.«

»Ich ...«, setze ich an. Sie fällt mir ins Wort.

»Eine Minute Rick, die Zeit läuft!« Sie setzt sich auf die Couch und ich stehe vor ihr wie ein ungehorsames Kind vor seiner aufgebrachten Mutter. Krampfhaft überlege ich.

»Rede!«

»Es fing in der Nacht an, als wir im Club waren und du früher nachhause wolltest, weil es dir nicht gut ging.«

Ihre Ratlosigkeit springt mich regelrecht an.

»Ich bin schlafen gegangen und wurde mitten in der Nacht von Geräuschen geweckt.« Je näher ich zu der entscheidenden Stelle komme, desto mehr versuche ich die Geschichte ruhig und mit erträglichen Worten zu erzählen.

»Sebastian war mit Katrin in meiner Küche. Sie trieben es miteinander.«

Caro unterbricht mich sofort. »Was hat das mit dem Typen da unten zu tun und mit der toten Frau? Ich kapiere es nicht!«

»Soll ich dir die ganze Geschichte erzählen oder nicht?« Mein Mund ist staubtrocken.

»Sie hatten Sex in deiner Küche«, erinnert mich Caro.

»Genau und ich musste dringend zur Toilette, bin raus auf den Flur und sah ihnen ein paar Minuten zu.«

Mein Gesicht wird heiß. Erwarte eine Bemerkung von Caro. Sie schweigt.

»Plötzlich hielt Sebastian ein Messer in der Hand.«

Keine Regung bei ihr. Meine Zunge klebt am Gaumen. Gott, wie sehr wünsche ich mir jetzt, etwas zu trinken. Am liebsten würde ich abhauen. Einfach umdrehen und gehen, wenn dieser Typ auf der Straße nicht auf mich warten würde.

Nehme innerlich Anlauf für die finalen Worte. »Er hat Katrin die Kehle durchgeschnitten.«

Ruhe. Nur mein keuchender Atem ist zu hören. Kein Laut von ihr. Nichts. Ohne Vorwarnung springt Caro auf. »War es das?«, fragt sie ausdruckslos.

»Deine Minute ist vorbei. Du weißt, wo die Tür ist.«

»Verdammt, setz dich sofort wieder hin!«, herrsche ich sie an. Sie zuckt zusammen, setzt sich wortlos. Hat sie Angst vor mir? Was für ein beschissener Gedanke! Während ich mir ihr nähere, rutscht sie auf die hinterste Ecke des Sofas. Bin ich der Feind in dieser beknackten Szene? Setze mich auf die andere Seite und hoffe, sie hört mir noch einen Moment zu.

»Ich glaube, er hat ihr Handy mitgenommen und dir die Nachrichten geschickt.« Sie blickt zum Fenster. Kann nicht deuten, ob sie mir überhaupt zuhört.

»Deshalb frage ich dich, ob du mit Katrin gesprochen hast?« Caro starrt weiter ins Nichts, lässt meinen Monolog über sich ergehen.

Jeder Satz klingt absolut irre. Das einzig Fassbare ist der Typ unten auf der Straße. Warum vertraut sie mir nicht? Das schmerzt. Will es nicht aufgeben und rede weiter.

»Bei deiner Party provozierte mich Sebastian. Während du getanzt hast, stand er hinter dir und zeigte mir symbolisch, wie er deine Kehle durchschneidet.«

Mir geht langsam die Puste aus und ich verstumme.

Caro dreht sich wie in Zeitlupe zu mir. Unsere Blicke treffen sich wie zwei Autos, die frontal ineinander knallen. Sie schaut mich sekundenlang nur an.

»Im ersten Moment dachte ich, du willst mir eine deiner Fantasiegeschichten erzählen. Aber du meinst es ernst!?« Eine Feststellung und Frage zugleich.

Sie flüstert: »Weißt du überhaupt, was du mir da gerade erzählt hast?«

Dieses Gespräch nimmt keinen guten Verlauf fürchte ich.

»Du hast gerade erzählt, Sebastian hätte eine Frau umgebracht.«

Nicht irgendeine Frau, deine beste Freundin Katrin.

»Du musst dringend einen Arzt aufsuchen, der sich mit sowas wie dir auskennt«, sagt sie und blickt mich mitleidig an.

Sowas wie mir. Das sitzt!

»Diesen Arzt habe ich bereits aufgesucht«, antworte ich dumpf.

»Dann scheint es wohl nicht der Richtige zu sein.«

Caro holt tief Luft und ich möchte aufspringen und dieses Gespräch beenden.

»Was hat das alles mit dem Typen da unten zu tun?

Und was war das für eine Nummer mit der Frau? Hat Sebastian die auch umgebracht? Wahrscheinlich auch in deiner Küche?«

Wenn Caro meine Worte für Schwachsinn hält, wer wird mir dann glauben?

»Die Frau habe ich zufällig getroffen. Ihre Freundin wohnt drei Häuser weiter. Ich habe sie einfach begleitet. Warum sie mich geküsst hat, weiß ich nicht. Da musst du sie wohl selber fragen.« Dieser unbedachte Satz hallt einige Sekunden nach. Caro starrt mich immer noch an und schüttelt den Kopf.

Kann nicht erklären, warum ich hoffe, dass sie mich versteht, mir Glauben schenkt. Doch ich kann mich nicht bremsen und rede weiter. »Ich war heute bei einer Psychologin und bin danach zu Sebastian gefahren.«

»Hast du ihm deine mordsmäßigen Beschuldigungen an den Kopf geworfen? Bestimmt hat er sich bei dir entschuldigt und geschworen, dass es nicht wieder vorkommt.« Sie spricht so verachtungsvoll, dass ich sie nicht wieder erkenne. Warum sagt sie ständig *eine Frau* und nicht Katrin oder meine Freundin?

»Er war nicht da«, blaffe ich sie an.

»Auf dem Rückweg fing dieser Typ an, mich zu verfolgen, und ich habe mich hierher gerettet.«

»Hierher gerettet? Du hast nicht mehr alle Latten am Zaun! Wahrscheinlich wollte er dich auch ins Jenseits befördern.«

Caro springt auf und ich drücke sie zurück auf die

Couch. Erschrecke, mit welcher Vehemenz ich sie angepackt habe.

Sie reißt sich von mir los. Ihre Stimme bebt: »Rick, was willst du von mir?«

»Ich möchte einfach nur, dass du mir glaubst.«

Wenn sie jetzt wieder aufsteht, halte ich sie nicht mehr zurück.

Caro flüstert: »Glaubst du dir eigentlich selbst?« Das ist die Frage, um die sich alles dreht. Glaube ich mir selbst?

»Ich weiß nicht mehr, was ich glauben soll. Klingt alles durchgeknallt. Der Mann da unten, der ist echt. Du hast ihn gesehen.«

Caro steht auf, geht zur Tür. Bleibt stehen. Ohne sich umzudrehen, sagt sie: »Dann frage ich ihn, was er von dir will. Das wird heute ein Ende nehmen!«

Sie nimmt den Wohnungsschlüssel vom Haken und verlässt die Wohnung. Die zuknallende Tür weckt mich aus meiner Lethargie.

Dann frage ich ihn, was er von dir will.

Was zur Hölle?! Springe auf. Bleibe abrupt stehen. Renne zum Fenster. Statt ihr hinterherzugehen, sie aufzuhalten oder ihr im schlimmsten Fall zu helfen, wähle ich den feigen Weg.

Vorsichtig nähere ich mich dem Fenster. Versuche, etwas zu entdecken. Draußen ist es mittlerweile dunkel. Schwer irgendwas zu erkennen. Gehe dichter heran, presse mein Gesicht gegen die Scheibe. Da ist niemand. Der Platz vor dem Haus ist leer.

Caro. Mein Gott.

Wende mich ab und schleiche zur Wohnungstür. Habe die merkwürdige Vorstellung, dass mein Atem bis auf die Straße zu hören ist. Beklommen öffne ich die Tür. Der Hausflur ist dunkel. Gespenstische Stille. Mein Herz rast. Bewege mich in kleinen Schritten auf die Treppe zu. Umklammere das Treppengeländer. Horche. Mache drei Schritte. Kein Geräusch. Keine Caro. Kein Mensch.

Taste mich Stufe für Stufe hinunter. Summe leise vor mich hin, wie früher als Kind, wenn ich durch die dunkle Unterführung am Sportplatz laufen musste. Verstumme wieder. Muss still sein!

»Caro?«, flüstere ich so leise, dass sie es nicht mal hören könnte, wenn sie direkt neben mir stünde.

»Caro?«, versuche ich es etwas lauter. Fahre zusammen, weil mein Ruf durch das Treppenhaus hallt. Nehme wieder ein paar Stufen. Lausche. Nichts. Weitere Stufen. Da ist nichts und niemand. Erreiche den Hauseingang. Weiter zur Tür. Presse mein Ohr dagegen. Nichts. Langsam und mit einem fürchterlichen Knarren ziehe ich sie auf. Klammere mich an der Klinke fest.

Caro wo bist du?

Stecke vorsichtig meinen Kopf heraus. Der eiskalte Nachtwind bläst über mein Gesicht. Schaue schnell nach links und nach rechts. Niemand ist zu sehen. Keine Menschenseele. Wo ist er? Wo ist Caro hin?

Traue mich weiter heraus. Hinter mir scheppert es. Zucke zusammen. Renne vor Schreck ein paar Schritte. Drehe mich um.

Scheiße, die Tür ist ins Schloss gefallen. Kein Zufluchtsort mehr. Caro ist weg. Ist ihr etwas zugestoßen? Ich war nicht bei ihr.

Könnte kotzen und muss schlagartig würgen, übergebe mich zweimal. Kann mich nicht mehr auf den Beinen halten, sie knicken weg wie morsche Äste. Lande ächzend auf den Knien.

»Caro!«, heule ich, »CARO!«

Plötzlich spüre ich einen heftigen Schlag auf meinem Kopf. Dann wird es dunkel.

21

Jemand spricht mit mir, nein brüllt mich an. Spüre Berührungen, ein Rütteln an meiner Schulter. Will die Hand wegschlagen, »*Hau ab*« schreien, aber der Schmerz in meinem Kopf lähmt mich. Nicht bewegen.

Wieder die Stimme. Eine Frau. Ich schaffe nicht, meine Augen zu öffnen. Die Lider sind wie zusammengenäht.

»Hören Sie mich? Hallo? Hallo können Sie mich hören?«

Spricht die Frauenstimme mit mir? Hände, die mein Gesicht berühren. Was will die von mir? Wieder Rütteln an meiner Schulter.

Was soll das? Hör auf damit!

Zweiter Versuch, Augen öffnen. Grelles Licht.

»Soll ich Ihnen Hilfe holen?«

»Nein!« Habe ich das gesagt? Der Nebel lichtet sich, wird von heftigen Kopfschmerzen abgelöst. Erinnerungsfetzen.

»Caro«, sage ich laut.

»Ich weiß nicht, wen Sie meinen, ich bin leider nicht Caro. Soll ich Ihnen nicht doch einen Arzt rufen?«

»Nein, vielen Dank.« Meine Stimme klingt wie ein Eimer rostiger Nägel. Setze mich schwerfällig auf und versuche, mich an die Helligkeit zu gewöhnen. Vor mir kniet eine Frau. Sie trägt ein Kopftuch und sieht ausländisch aus. Spricht ohne Akzent.

»Was ist Ihnen denn passiert?«, fragt sie mitfühlend.

Will sie nicht erschrecken, also spreche ich das Naheliegende aus: »Ich habe wohl einen über den Durst getrunken und muss hingefallen sein.«

Sie blickt mich besorgt an und ich versuche zu lächeln.

»Haben Sie vielen Dank. Sie müssen sicher weiter«, sage ich und rappel mich auf. Die Frau erhebt sich, schaut mir noch einmal in die Augen, und geht ihrer Wege. Blicke mich um. In meinem Kopf scheint wieder alles an Ort und Stelle.

Die Erinnerungen an gestern kommen Bild für Bild. Frau Dr. Neschlin. Der Mann in Schwarz. Caro. Wie sie ihn zur Rede stellen wollte. Und bumm!

Muss sie anrufen, krame in meinen Taschen. Mist, das Handy liegt bei Caro. Obwohl ich mir keine großen Hoffnungen mache, gehe ich zum Hauseingang und klingle bei ihr. Will nicht glauben, dass sie mich hier liegengelassen hat. Oder doch? Nein!

Drücke auf alle Klingelknöpfe. Tatsächlich löst jemand die Türöffnung aus, ohne etwas über die Sprechanlage zu fragen. Schleppe mich nach oben und stelle entgeistert fest, die Wohnungstür steht offen, so wie ich sie verlassen hatte. Was mir kurz wie eine glückliche Fügung vorkommt, verblasst sofort. Sie ist nicht zurückgekommen. Wo ist sie? Was ist passiert? Hat der Typ sie ...? Sehe Szenen, wie er sie ohnmächtig schlägt und in ein Auto zerrt.

Wachsam betrete ich die Wohnung, schleiche in jedes Zimmer. Nichts. Auf dem Wohnzimmertisch entdecke ich mein Handy und weiß sofort was zu tun ist. Kurz lege ich mir die Worte zurecht, die ich der Polizei sagen werde. Will die Nummer eintippen und bemerke das Nachrichtensymbol auf dem Display. Mein Herz flattert. *Bitte hole keine Polizei. Mir geht es gut. Caro.*

Diese zwei Sätze können alles bedeuten. Dass es ihr gut geht oder das sie in Gefahr ist. Hat sie diese unpersönliche Nachricht überhaupt selbst geschrieben? Schlimmer ist der Gedanke, der mir jetzt in den Kopf springt. Oder hat sie irgendwas mit dem Typen zutun? Alles in mir schreit NEIN! Wo steckt sie?

Bin unschlüssig, was ich unternehmen soll. Gieße mir ein Glas Wasser ein, trinke es so schnell, dass ich mich verschlucke und die Hälfte auf den Boden spucke. Hoffe, ich finde im Bad etwas zum Aufwischen. Öffne den Unterbauschrank und ziehe an einem der ordentlich zusammengelegten Lappen. Dabei befördere ich noch etwas hervor, das polternd auf die Fliesen fällt. Ein Handy. Hebe es auf und begutachte das Gerät. Das Display hat einen Sprung. Versuche, es anzuschalten. Nichts passiert. Vielleicht ist nur der Akku leer.

Wühle weiter im Schrank. Das ist ein merkwürdiger Aufbewahrungsort für ein Handy, aber möglicherweise befindet sich auch das Ladekabel hier. Tatsächlich steckt es ordentlich zusammengerollt zwischen den Feudeln.

Als ich den Schrank wieder schließen will, fällt mir eine grüne Ecke im Handtuchstapel auf. Neugierig ziehe ich daran. Eine Mappe mit durchsichtigem Cover. Unter der milchigen Folie entdecke ich ein Foto.

Was zum Teufel?

Der Raum beginnt sich zu drehen, rutsche langsam zu Boden. Das Bild. Falscher Film. Hier liegt ein Fehler vor. Das ergibt keinen Sinn.

Das Bild zeigt meine Mutter.

Warum hat Caro ein Bild von meiner Mutter? Und warum versteckt sie es im Badschrank? Schließe die Augen und schlage den Hinterkopf gegen die Wand. Ich kann nicht mehr klar denken. Was soll das alles? Treibt hier jemand ein Spiel mit mir?

Öffne den Hefter mit zitternden Fingern. Der Inhalt besteht nur aus Bildern. Drehe sie um und betrachte die Aufnahmen. Meine Mutter mit mir zusammen. Ich, mit ungefähr zwölf Jahren. Das nächste Foto zeigt Melanie, das Diamantenmädchen. Es folgen mehrere Fotografien unserer Begegnung. Ihres Kusses.

. . .

Versuche, ruhig und tief zu atmen. Mein Herz rast. Wer hat diese Bilder gemacht? Da sind noch mehr Fotos. Ein Mann in einer Uniform, wie aus den siebziger Jahren. Sieht aus wie eine NVA Uniform. Wer ist das? Zufall, dass dieses Bild unter den anderen liegt?

Es folgen Bilder von mir und Sebastian. Katrin in Strapsen, vulgär mit der Kamera flirtend. Kneife die Augen zusammen. Komme mir vor, wie ein Schweißer, der in die Flamme geschaut hat. Was geht hier verdammt nochmal vor?

Mir fällt das Handy ein. Laufe ins Wohnzimmer und schließe es an. Keine Ahnung, was ich mir davon erhoffe. Setze mich auf die Couch und blicke mich um. Alles kommt mir fremd vor. Das ist nicht überraschend, ich kenne Caro erst ein paar Tage. Und doch habe ich mir eingebildet, dass wir eine richtige Beziehung haben. Wer ist sie? Sehe ihr Gesicht vor mir, ihre weichen Gesichtszüge, höre ihr Lachen. Mir ist kalt.

Das Handy startet. Schalte das Display an. Kein Sperrcode stellt sich mir in den Weg und ich arbeite mich durch das Menü, zu den Kontakten, bis ich erkenne, wem das Telefon gehört und es mir aus den Fingern fällt.

In dem Moment wird mir klar, alles was ich gesehen habe, ist real.

Bevor ich zur Polizei gehe, muss ich herausfinden, was hier gespielt wird.

Bitte hole keine Polizei. Mir geht es gut. Caro.

Daran werde ich mich vorerst halten.

Der Name auf dem Display scheint mich anzuklagen. Es gehört Katrin.

22

Sitze zuhause auf meinem Bett und versuche, einen Sinn in dem Ganzen zu erkennen. Eine Diashow auf Speed schießt die Bilder durch meinen Kopf. Zuerst sehe ich meine Mutter. Da gibt es null Verbindung, dafür ist alles zu frisch zwischen Caro und mir. Als Melanie auftaucht, stoppe ich die Diashow. Das erste Foto ist ein Porträt von ihr. Kein Schnappschuss, eher für Bewerbungen aufgenommen. Schiebe das nächste Dia durch meine Erinnerung. Unsere Umarmung. Sehr nah. Wahrscheinlich mit einem Teleobjektiv aufgenommen.

Hat Caro die gemacht, als sie vor meiner Haustür stand? Krame mein Handy heraus, muss es genau wissen. Zum Glück habe ich alle abfotografiert. Beim Bild meiner Mutter wird mir wieder mulmig. Wische über das Display, bis die Fotos von Melanie erscheinen. Die Umarmung. Es wurde aus einer anderen Richtung geschossen. Zoome näher heran und kann ganz links am Bildrand

Caro erkennen. Sie steht direkt vor meiner Haustür und kann es nicht gewesen sein. Wer war es dann? Er muss mit ihr in Verbindung stehen. Schonmal zwei gegen mich.

Will was kaputtmachen.

Das nächste Bild zeigt Melanies Kuss. Gleicher Kamerawinkel. Mein Magen verkrampft sich. Warum musste sie sterben? Das kann kein Zufall sein. Immer neue Fragen. Nicht eine Antwort. Wische zum nächsten Bild. Das Foto des NVA Soldaten. Je länger ich die Aufnahme betrachte, umso stärker manifestiert sich das Gefühl, dass mir dieses Bild etwas sagen muss. Aber mein Gehirn hält das irgendwo in den Schluchten meiner Erinnerung verborgen.

Mir kommt eine Idee, warum sollte ich nicht meine Mutter fragen? Sie befindet sich zwar auf Kreuzfahrt mit ihrer Freundin, aber möglicherweise habe ich Glück. Eine Ewigkeit passiert nichts und ich will schon auflegen. Rauschen. Dann klingelt es endlich. Was will ich ihr eigentlich sagen? Es klingelt immer weiter. Es knackt, mein Herz macht einen Sprung, will gerade *hallo Mama* sagen, da höre ich das Besetztzeichen. Mist! Versuche es später erneut. Lasse mich aufs Bett fallen. Ein stechender Schmerz erinnert mich unfreundlich an meine Beule am Hinterkopf. Starre an die Decke. Keine Ahnung wie lange. Schlafe ein.

. . .

So viele Krokodile hatte ich nie vorher gesehen. Sie starren mich an. Aus dem Nichts taucht Sebastian auf. Er hockt sich zwischen die Kreaturen und streichelt sie. »Du darfst ihnen nicht in die Augen sehen, sonst werden sie aggressiv.«

Plötzlich stehen Carola und Katrin neben ihm. Auch sie streicheln die Krokodile. Alle glotzen mich an, als würden sie auf etwas von mir warten.

»Was wollt ihr denn von mir?«, jaule ich.

Höre die Stimme meiner Mutter. Sie steht hinter mir und legt ihre Hände auf meine Schultern. »Du musst jetzt stark sein!«, sagt sie. Umzingelt von den Krokodilen kommen Sebastian, Caro und Katrin auf mich zu. Will weg. Meine Mutter hält mich fest. Schaffe es nicht, mich aus ihrem Griff zu befreien. Seit wann ist sie denn so kraftvoll?

Schreie: »Warum lasst ihr mich nicht in Ruhe?« Keine Antwort. Die Meute nähert sich. Schüsse ertönen von irgendwoher. Alles fliegt auseinander. Nur meine Mutter bleibt. Ich spüre ihren Atem. »Du kennst ihn«, haucht sie mir ins Ohr.

Vor mir steht der NVA Soldat und zielt mit einem Gewehr auf meinen Kopf. Kann nicht mehr atmen. Langsam, aber unnachgiebig schiebt mich meine Mutter auf ihn zu. Ein Handy klingelt. Der Mann zieht es aus seiner Tasche, hält es in die Luft. Versuche, danach zu greifen, schaffe es nicht. Es klingelt weiter. Mit einem Mal öffnet sich der Boden, ein weiteres Krokodil erscheint und verschlingt den Mann.

. . .

Öffne die Augen. Mein Handy klingelt immer noch. Ohne nachzusehen, wer anruft, gehe ich ran.

»Hallo?« Keine Antwort nur Rauschen. Es knackt.

»Ricksi? Bist du dran? Kannst du mich hören?«

»Ja, ich höre dich.«

»Ist alles in Ordnung bei dir?« Ohne eine Antwort abzuwarten, spricht sie weiter. »Du glaubst nicht, wie groß das Schiff ist. Eine Stadt auf Wasser. Hier gibt es richtige Läden. Ganz viele. Ich habe dir einen Anhänger in Form eines Schiffes gekauft und dein Name ist direkt drauf geschrieben, als würde das Schiff so heißen. Verstehst du?«

»Ja Mama. Erzähle mir das, wenn du zurückkommst.«

»Christa gefällt es hier auch. Stimmts Christa?« Meine Mutter lacht.

»Sie kann nicht antworten, hat den Mund voll. So ein Eis hast du noch nie gesehen Ricksi.«

»Erzähle es mir bitte, wenn du zuhause bist.« Es fällt mir schwer, Ruhe in meine Stimme zu bringen. Ich muss ihr die Frage unbedingt stellen, bevor das Gespräch unterbrochen wird.

»Hast du die Fotos bekommen, die ich dir geschickt habe?« Rauschen.

»Mama?« Es knackt. Dann ist sie wieder zu hören.

»Ja, ich habe die Bilder bekommen.« Meine Aufregung steigt.

»Kennst du diesen NVA Soldaten?«

»Den Soldaten? Wieso fragst du?«

Meine Finger zittern, kann kaum noch das Handy halten.

»Mama? Wer ist das?« Ihre Stimme entfernt sich.

»Können wir das nicht klären, wenn ich zurück bin? Das ist eine lange Geschichte.«

»Bitte sag mir sofort, wer das ist! Jetzt!«, brülle ich, dass meine Stimme sich überschlägt.

»Junge, bleib ruhig. Ich sage es dir ja. Der Mann ist ....« Rauschen. Besetztzeichen.

Woher kennt sie ihn? Wie kommt Caro an diese Fotos? Drücke auf Wahlwiederholung. Besetzt. Nein! Wahlwiederholung. Besetzt. Versuche es immer weiter. Besetzt. Schreibe ihr stattdessen eine Nachricht.

»Mama, wer ist der Typ auf dem Foto und woher kennst du ihn?« Senden.

Starre aufs Display. Kommt mir vor wie eine Ewigkeit, bis die Nachricht verschickt ist. Schaukle ungeduldig mit den Beinen. Meiner Mutter hat früher darüber immer gemeckert. »Sitz doch mal still Rick.«

Kann nicht still sitzen bis ich die Antwort von ihr bekomme.

Es ist eine lange Geschichte.

Warum kenne ich die nicht?

Mein Handy piept. Gott ich habe mich noch nie so über diesen Ton gefreut.

»Deiner Mutter geht es nicht so gut. Sie meldet sich später. Ein Arzt untersucht sie gerade. Mach dir keine Sorgen. Sicher nur ein Schwächeanfall. Liebe Grüße Tante Christa.«

Was?

Könnte durchdrehen!

Meine Mutter ist abgeklappt. Mir wird warm. Mist. Meine Schuld.

Suche das Bild vom Soldaten auf meinem Handy und starre es an.

Wer bist du?

Zoome sein Gesicht heran, es wirkt als würden wir uns gegenseitig anstarren. Ich weiß nicht, wer das ist. Irgendetwas sagt mir, dass ich diesen Mann doch kenne. Kennen muss. Schließe die Augen und versuche, die Verkrampfung in meinem Nacken zu lösen.

Drücke nochmal auf Wahlwiederholung. Nach ewigem Rauschen erklingt erneut das gehässige Besetztzeichen. Fühle mich hilflos. Hoffentlich kommt sie wieder auf die Füße.

Mir gehen langsam die Menschen aus, mit denen ich über alles reden kann. Die Einzige ist Frau Dr. Neschlin.

Heute findet meine erste Sitzung statt und ich bin froh darüber. Vielleicht kann sie mir helfen, falls das überhaupt möglich ist. Sehe wieder ihre Augen vor mir. Woher kenne ich sie verdammt nochmal?

23

»Herr Ender, kommen Sie rein!«

Frau Dr. Neschlin wartet bereits an der Tür, als ich eintrete, streckt sie die Hand aus. »Schön, dass Sie wieder da sind.«

»Hallo Frau Doktor, ich danke Ihnen«, sage ich und fühle wirklich Dankbarkeit, dass sie mich kurzfristig in ihren sicher randvollen Terminkalender gestopft hat.

»Bitte folgen Sie mir!« In ihrer Stimme schwingt ein Anflug von Ungeduld, den ich mir vielleicht einbilde. Etwas ist anders als bei meinem ersten Besuch.

»Nehmen Sie bitte Platz. Kaffee oder ein Wasser?«, fragt sie und ordnet ein paar lose Papiere auf ihrem Schreibtisch.

»Nein, vielen Dank.«

Der Zweisitzer ist weg. Das ist die Veränderung. Heute steht ein einfacher Stuhl da. Mit Armlehnen. Setze mich.

Unbequem. Womöglich ist ein Patient ausgerastet und hat ihr Sofa demoliert?

»Wie fühlen Sie sich heute?«

»Ehrlich gesagt, jetzt etwas unwohl.«

»Jetzt?«, sie zieht die Augenbrauen hoch und blickt mich fragend an.

»Sie haben die Sitzelemente ausgetauscht. Neulich saß ich in einem Zweisitzer. Heute auf einem recht unbequemen Stuhl«, sage ich forsch.

»Sind Sie sicher, dass es bei Ihrem letzten Besuch nicht auch ein Stuhl war?«

Blicke sie verständnislos an.

»Was ist, wenn ich Ihnen sage, dass Sie das letzte Mal auf diesem Sitzmöbel saßen?«

»Sie testen mich?«, frage ich verwirrt.

»Sie glauben, ich lüge? Warum sollte ich das Ihrer Meinung nach tun?« Sie beugt sich interessiert nach vorn, als ob sie mich in diesem Moment zum ersten Mal wirklich wahrnimmt.

»Nein. Eben war ich mir sicher auf einem Sofa gesessen zu haben und nicht auf diesem Stuhl. Aber jetzt …«

»Eben waren Sie sich doch ganz sicher und haben mir unterstellt, ich würde Sie belügen.« Sie erhebt ihre Stimme nicht, spricht kontrolliert. Aber ihre Augen funkeln eisig. Schweiß läuft mir den Rücken herunter.

»Sind Sie ein Lügner?«

»Nein!« Ziehe den Kopf ein.

»Sie tischen mir viele Geschichten auf. Da könnte ich annehmen, Sie sind ein Lügner. Wollen Sie Mitleid?«

Sie hat ihre Hände miteinander verknotet, als müsste

sie sich zusammenreißen. »Wenn Ihnen niemand glaubt, drehen Sie einfach den Spieß um und ihr Umfeld sagt die Unwahrheit?«

Mir fehlen die Worte.

»Warum weinen Sie? Es wäre an mir, Tränen zu vergießen, oder nicht?«

»Entschuldigen Sie, ich habe nicht behauptet Sie würden lügen. Ich dachte nur ...« Ihre Worte schlagen erbarmungslos auf mich ein. Bin nicht vorbereitet auf diese Situation.

»Sie dachten nur? So, so.« Sie reicht mir wortlos eine Packung Taschentücher.

»Tatsächlich saßen Sie beim letzten Mal auf einem Zweisitzer. Ich wollte Ihnen demonstrieren, wie einfach Sie zu verunsichern sind. Wenige Worte genügen und Sie stellen Ihre Wahrnehmung infrage.«

Sie hat recht. Könnte schreien und gegen die Wand schlagen. Die Ärztin sitzt wieder hinter ihrem Schreibtisch und tippt etwas in ihren Laptop. Kostbare Zeit, um mich zu sammeln. Mir fällt ein Satz ein, den ich mal gehört habe.

Manchmal musst du erst auf den tiefsten Punkt sinken, um die Energie zu finden, mit der du nach oben durchstarten kannst.

So schlimm die Situation in diesem Moment ist, so sicher bin ich jetzt, dass die Therapie der richtige Weg ist. Der Ansatz, um wieder klar sehen zu können. Sie klappt ihren Laptop zu, ich zucke zusammen.

»Wie geht es Ihnen jetzt Herr Ender?« Ihr Mund lächelt. Ihre Augen bleiben unbeteiligt.

»Sie haben mich verwirrt. Aber ich habe begriffen, dass ich die Therapie brauche«, flüstere ich und knülle das Taschentuch zusammen.

»Erzählen Sie mir von Ihren Träumen.« Sie hört nicht auf zu lächeln, als würde sie mich am liebsten mit ihren perfekt gebleachten Zähnen beißen.

»Meine Träume?«

»Ja, gibt es etwas, dass Sie wiederholt träumen?«

Unglaublich, dass sie ausgerechnet danach fragt.

»Krokodile. In fast allen kommen Krokodile vor.«

»Haben Sie eine Vermutung, warum es ausgerechnet Krokodile sind?«

»Nein überhaupt nicht. Nie eine Berührung mit ihnen gehabt, habe sie noch nicht mal im Zoo gesehen.«

»Diese Tiere werden bei Ihnen für etwas stehen. Können Sie sich vorstellen wofür?«, fragt sie unterkühlt.

»Nein, tut mir leid.«

Sie steht abrupt auf.

Aus dem Nichts fängt sie an zu brüllen: »Wissen Sie, ich habe die Schnauze voll!«

Fühle ein Puckern im Hals.

»Wollen Sie Hilfe oder nicht?«, fragt sie und baut sich vor mir auf, immer raumgreifender, bis ich nur noch sie wahrnehme und alles andere verschwimmt.

»Ja, ich …«, stottere ich hilflos.

»Was ja, ich?«, zischt sie.

»Können Sie sich nicht richtig ausdrücken? Einen Satz zu Ende sprechen? Wollen Sie immer so ein jämmerlicher Loser bleiben? Diese lächerliche Witzfigur von einem Mann?«

Hocke, wie vom Blitz getroffen, auf meinem Stuhl und fühle zugleich Wut und Panik in mir wachsen. Was ist denn jetzt los? Doch sie ist nicht fertig und keift weiter:

»Sie nehmen sich das Recht heraus, mich eine Lügnerin zu nennen. Aber wissen Sie was?«, eine rhetorische Frage, »ich mache dem ein Ende.«

Sie springt zur Seite, öffnet ein Schubfach, hält etwas in der Hand. Ein Klicken, wie das Laden einer Waffe erklingt. Atme schneller. Gott, sie zielt mit einer Waffe auf mich.

Das ist surreal! Rick, wach auf!

Jetzt wünsche ich mir Krokodile herbei. Dann wüsste ich mit Sicherheit, dass ich träume. Doch das ist kein Traum. Sie zielt wirklich mit einer Pistole auf mich. Sie kommt mit der Waffe im Anschlag hinter ihrem Schreibtisch hervor. Unaufhörlich muss ich schlucken, damit ich mich nicht übergebe. Höre nichts mehr. Ihre Lippen bewegen sich. Sie sagt etwas, dass nicht bei mir ankommt und bewegt sich langsam auf mich zu.

Was soll der Scheiß? Hilfe.

Meine Finger krallen sich in die Armlehnen. Wie bei einem Flugzeugstart werde ich in die Lehne gepresst. Kann nicht aufspringen, bin gefesselt. Drehe den Kopf zur Seite und schließe die Augen. Erwarte den Knall.

Spüre schon den Schmerz, den die Kugel verursachen wird. Es passiert nichts. Einfach gar nichts. Bin ich tot? Öffne die Augen. Neschlin, lässt die Waffe langsam sinken. Meine Lähmung hält an. Sie legt die Pistole auf den Schreibtisch.

Nein! Es ist keine Schusswaffe. Das war nur ein Handy.

Dann setzt sie sich wortlos hin. Stille. Höre mein Herz trommeln, traue mich kaum zu atmen. Was war das? Sie sitzt da und tut, als wäre nichts passiert. Allmählich erwache ich aus der Starre.

»Was?«, ich räuspere mich, »was sollte das? Ich hatte verdammt nochmal Todesangst!«, belle ich ihr entgegen.

Sie blickt auf, als wüsste sie nicht, dass noch jemand im Raum ist.

»Das, Herr Ender«, sagt sie seelenruhig, »war eine optische Täuschung.«

Sie schaut wieder auf ihren Bildschirm. Das ist ihre Erklärung? Ist das ihr ernst?

»Herr Ender, ich habe Ihnen demonstriert, dass nicht alles so ist, wie Sie es wahrnehmen. Blicken Sie sich um.« Sie macht eine ausholende Bewegung mit der Hand. »Ich habe hier ein paar Bilder aufgehängt, die alle das gleiche Motiv zeigen. Eine Pistole.«

Drehe meinen Kopf in alle Richtungen. Tatsächlich, die Bilder waren bei meinem vorigen Besuch nicht hier. An allen Wänden hängen Bilder von Pistolen.

»Das ist das erste, womit ich Ihr Unterbewusstsein

gefüttert habe und auf meinem Smartphone habe ich eine App, mit der man verschiedene Geräusche abspielen lassen kann, wie das das Laden einer Waffe.«

Bekomme meinen Mund nicht wieder zu.

»All dies zusammen, mit der Art wie ich mit Ihnen gesprochen habe, führte dazu, dass Sie sicher waren, Sie würden mit einer Waffe von mir bedroht.«

Nicke stumm.

»Wollen Sie mir damit sagen, die Geschichte, die ich Ihnen kürzlich erzählt habe, war eine optische Täuschung?« Sie steht auf, kommt hinter ihrem Schreibtisch hervor und setzt sich auf die Tischkante.

»Ich bin mir sicher, das ihr Freund kein Verbrechen begangen hat, außer Sie sind der Meinung, dass Sex in Ihrer Küche eine Straftat ist.«

Das Lächeln erreicht ihre Augen und verändert ihre gesamte Ausstrahlung.

»Leider ist diese Sitzung vorbei. Möchten Sie Ihre Therapie bei mir fortführen? Ich verspreche Ihnen, dass ich davon absehen werde, weitere Experimente mit Ihnen durchzuführen.«

Fühle mich erschöpft und leer. Dennoch beeindruckt mich ihr Vorgehen. Nur, was soll ich mit dieser Demonstration meiner wahnhaften Fantasie anstellen? Brauche Hilfe. Ganz offensichtlich.

»Ja, ich möchte weiter machen«, sagt mein Mund automatisch.

Die Ärztin erhebt sich und geht zu einem der Einbauschränke, öffnet die Tür, sucht kurz und hält dann eine Packung in der Hand.

»Ich gebe Ihnen Tabletten, die Sie ruhiger machen und traumlos schlafen lassen werden. Am besten nehmen Sie alle zwei Stunden eine.« Sie hält mir die Schachtel hin und ich greife danach. Traumlos schlafen, ruhiger werden. Das klingt zu gut, um wahr zu sein.

»Morgen möchte ich Sie bitte wiedersehen. In der nächsten und übernächsten Woche besuche ich ein Seminar. Deshalb möchte ich die Zeit bis dahin intensiv nutzen, wenn Sie das einrichten können.«

»Ja, das ist kein Problem, Frau Doktor. Wann haben Sie etwas frei?«

»Wie heute, 14:00 Uhr.« Sie reicht mir die Hand.

»Gut, Herr Ender, dann sehen wir uns morgen und entschuldigen Sie nochmal das kleine Brimborium, dass ich mit Ihnen veranstaltet habe.«

»Es hat mir die Augen geöffnet«, sage ich dumpf.

Wir verabschieden uns und ich verlasse die Praxis. Entscheide mich, ein Stück zu laufen und danach den Bus zu nehmen. Während ich die Straße überquere fällt mir ein, dass sie mir nicht gesagt hat, ob ich auch nachts alle zwei Stunden eine Tablette einnehmen soll. Also kehre ich um und erfasse in diesem Moment, wie Frau Doktor Neschlin gerade in ein Auto steigt. Mein Hirn versucht, das Gesehene zu verarbeiten. Irgendwo einzuordnen. Muss mich festhalten, aber da ist nichts. Kann mich gerade noch abfangen. Bleibe stehen und reiße die Augen auf.

Hey Rick, du hast eine lebhafte Fantasie, Junge.

Egal, was ich mir einzureden versuche, ich kenne das Auto. Dann registriere ich, wie der Fahrer sich zu ihr rüberbeugt und sie innig küsst.

Geht das denn immer so weiter? Der Fahrer ist kein geringerer als Sebastian.

24

Endlich zuhause. Stecke den Schlüssel ins Schloss und bemerke, dass ich beim Verlassen nicht abgeschlossen habe. Eigentlich vergesse ich das nie, seit dem Einbruch hat das zwanghafte Züge angenommen.

Beim Betreten meiner Wohnung nehme ich den Geruch von frischem Kaffee wahr.

Mein Herz setzt einen Schlag aus. Lausche in die Stille hinein. Nichts. Suche nach einem Gegenstand im Flur, den ich als Waffe benutzen kann. Nicht mal ein Bügel hängt an der Garderobe. Was ist hier los? Gehe alle Möglichkeiten durch. Die Tür ist nicht aufgebrochen worden. Nur Sebastian hat einen Schlüssel, aber sein Wagen steht nicht in der Straße, der SUV wäre mir aufgefallen. Verdammt, wer ist in meiner Küche und kocht sich in aller Seelenruhe einen Kaffee?

. . .

Schleiche durch den Flur. Der Duft wird intensiver. Stehe vor der Küchentür, die einen winzigen Spalt geöffnet ist. Trete kräftig mit dem Fuß dagegen, dass sie gegen die Wand knallt. Kampfbereit blicke ich hinein und scanne den Raum mit meinen Augen. Sie bleiben bei dem Mann, der am Küchentisch sitzt hängen.

Er muss mich bemerkt haben, sitzt aber mit dem Rücken zu mir und rührt bedächtig in einer Tasse. Ohne sich umzudrehen sagt er: »Möchtest du auch eine Tasse?« Die Stimme klingt alt, aber angenehm. Warum duzt er mich?

Will tausend Sachen brüllen, kann mich für kein Wort entscheiden und schweige. Er rührt nicht mehr, dreht sich stattdessen mit seinem Stuhl herum. Ein Geräusch wie aus einem Horrorfilm.

Blicke in ein hartes, von tiefen Falten durchsetztes Gesicht. Die untere Hälfte ist von einem silbrigen Vollbart verdeckt. Er taxiert mich mit seinen stahlblauen Augen. Die Erkenntnis trifft mich wie ein Donnerschlag. Er ist der NVA Soldat vom Foto.

»Hallo mein Junge, ich hoffe, du bist nicht sauer, dass ich deine Kaffeemaschine benutzt habe.« Er grinst.

Wo sind die Krokodile, wenn man sie braucht?

Er dreht sich wieder zu seinem Kaffee.

»Komm, setz dich zu mir, wir müssen reden.« Registriere etwas Vertrautes in dieser Stimme.

»Scheiße, wer sind Sie und was machen Sie in meiner Wohnung?« Meine wiedergewonnene Stimme erschreckt mich. »Blödsinn, es ist mir egal, wer Sie sind, raus aus meiner Wohnung!« Das ist nicht die Wahrheit, die ich brülle. Wenn er der Mann vom Foto ist, will ich definitiv wissen, wer er ist und warum er hier eingebrochen ist.

Null Reaktion. Er trinkt seinen Kaffee ungerührt weiter.

»Deine Mutter hat mich kontaktiert und mir erzählt, dass du hier wohnst.« Die Erwähnung meiner Mutter weckt die gleichen Gefühle, die ich bei Sebastians Provokation an Caros Geburtstag empfand.

»Was haben Sie mit meiner Mutter zu tun? Ich hole die Polizei, wenn Sie nicht sofort verschwinden!« Balle die Fäuste.

»Ich sag das nur einmal Rick, setz dich zu mir, damit wir reden können.«

Im Kommandieren verdient er eine Eins mit Sternchen. Arschloch! Er dreht sich von mir weg, rührt wieder in der Tasse herum.

Renn!

Halbherzig drehe ich mich zur Tür. Ehe ich einen Schritt machen kann, hat er mich gepackt. Der Versuch mich zu befreien ist so praktikabel, wie einen Lkw anheben zu wollen. Sein brutaler Griff überschreitet meine Schmerzgrenze und ich jaule laut auf.

»Was soll das Rick? Was machst du denn für ein Theater? Ich muss mit dir reden, das ist alles. Dann gehe ich wieder, versprochen.«

Bitte was? »Dein Vater«, hallt es ununterbrochen durch meinen Kopf und keine Krokodile weit und breit.

. . .

Widerstandslos lasse ich mich von ihm auf einen Stuhl setzen.

»Du bleibst gefälligst sitzen! Hast du mich verstanden, Rick?«

Nicke wortlos. Er lässt von mir ab und setzt sich mir gegenüber, trinkt einen Schluck. Er räuspert sich, sucht scheinbar nach dem richtigen Einstieg.

Sehe ihn an. Unsere Blicke treffen sich. Bekomme Gänsehaut. Es ist, als würde ich in einen Spiegel schauen und mein älteres Ich erkennen. Das ist mein Vater, kein Zweifel.

»Deine Mutter hat mich kontaktiert. Sie war aufgebracht und enttäuscht, dass du bei ihr rumgeschnüffelt hast.«

Fragend hebe ich den Kopf. »Was habe ich? Wie kommt sie darauf?«

»Du hast ihr die Bilder geschickt. Niemand sonst hat eine Aufnahme von mir. Ich habe sie beruhigt und daran erinnert, dass sie dir nie von mir erzählt hat. Es ist nachvollziehbar, dass du danach gesucht hast.«

»Halt mal, das stimmt nicht. Ich habe nirgendwo rumgeschnüffelt. Die Bilder sind nicht von meiner Mutter.«

Jetzt blickt er mich fragend an. »Woher hast du sie dann?«

»Ist doch egal, ich habe sie eben.«

Seine Augen verengen sich. »Rick!« Er schlägt mit der Faust auf die Tischplatte, dass seine Tasse klirrt. »Ich muss wissen, woher du das Bild hast. Das ist für mich enorm wichtig, verstehst du das.« Er blickt mich fragend an. »Sag es mir, mein Sohn!«, sagt er in sanfterem Tonfall.

In diesem Moment brennt eine Sicherung in mir durch. Ich springe auf und brülle:

»Du musst überhaupt nichts wissen! Tauchst nach Jahren bei mir auf, erzählst, du seist mein Vater! Was bildest du dir überhaupt ein? Mein Vater ist tot! Er muss es sein, sonst könnte ich mir nicht erklären, wo er all die Jahre war?!«

»Setz dich wieder hin!«, fährt er mich genervt an.

»Verschwinde aus meiner Wohnung!«, schreie ich zurück.

Plötzlich ist er auf den Beinen, packt meinen rechten Arm, dreht ihn auf den Rücken und bugsiert mich brutal zum Stuhl.

Will schreien, ihn wegschlagen, ihn töten, will, dass er verschwindet, will nie wieder an diesen Scheißkerl denken! Heule und verliere komplett die Kontrolle über mich.

Ohne mich loszulassen, raunt er in mein Ohr: »Ganz richtig, du bist mir scheißegal. Will nicht wissen, wie viele Bälger von mir irgendwo rumlaufen. Ich habe deine Mutter gefickt und wir haben uns eine Weile ganz gut verstanden, bis sie mich genervt hat. Dir würde das Kotzen kommen, wenn du wüsstest, was für ein Arschloch ich bin. Sei froh, dass es so war wie es war. Aber hier geht es ganz allein um mich. Das sollte kein Vater-Sohn-Treffen werden und einen Kniefall wirst du nicht bekommen. Also nochmal, woher hast du mein Bild?«, beendet er seinen Monolog und verdreht meinen Arm bis ich aufschreie.

»Woher?«

Die Schmerzen sind unerträglich.

»Von meiner Freundin«, flüstere ich matt. Er lässt von mir ab. Geht ein paar Schritte. Setzt sich wieder.

»Und woher hat sie das Bild?«

»Ich weiß es nicht. Es sind mehrere Fotos, auch von Mutter.«

Der Schmerz lässt allmählich nach. Wir schweigen uns minutenlang an. Verstohlen sehe ich zu ihm. Emotionen kann ich in seinem unrasierten Gesicht nicht erkennen.

»Will die Bilder sehen«, sagt er und ich suche sie auf meinem Handy heraus, zeige sie ihm. Stirnrunzelnd guckt er sich jedes an.

»Was hat sie dir erzählt, woher sie die hat?«

»Sie hat sie mir nicht gezeigt, ich habe sie zufällig bei ihr gefunden. Mehr kann ich dir nicht sagen. Mehr weiß ich selbst nicht. Es reicht jetzt!«, sage ich und will diese grandiose Plauderei mit meinem verehrten Daddy beenden.

»Wer ist der Typ da neben dir?«, fragt er ungerührt.

»Mein bester Freund«, sage ich zähneknirschend.

»Name?«

Das ist ein Verhör. Was bildet der Typ sich ein, wer er ist?

Mein Vater ist jemand, der dir weh tut, wenn du nicht antwortest.

»Der Name!« Sein Tonfall kündigt neue Schmerzen an.

»Sebastian.«

»Ja, weiter. Lass dir nicht alles aus der Nase ziehen!«

»Sebastian Seitling.«

»Seitling, Seitling«, murmelt er vor sich hin.

»Kenne ich nicht. Wie heißt deine Freundin? Ist das die in den Strapsen?«

»Nein. Lass meine Freundin aus dem Spiel.« Der Beschützerinstinkt lässt mich noch einmal aufbegehren.

Er springt auf und sein Stuhl fällt scheppernd um. »Ich habe keine Lust auf diese Spielchen. Sag mir, was ich wissen will und du siehst mich nie wieder.«

Seine Haltung, seine Stimme, alles an ihm wirkt gewalttätig. Wie kann ich sein Sohn sein?

»Caro ... Carola«, wispere ich.

»Weiter!«

»Bruns.«

»Was soll der Scheiß?«, fragt er wohl mehr sich selbst, als mich.

»Bruns kenne ich auch nicht. Was wollen die von mir?«

Ich runzel die Stirn. »Wieso von dir? Was haben die mit dir zu tun? Denen habe ich gesagt, mein Vater ist tot.«

»Dachtest du, es geht um dich?« Er lacht und schaut mich mitleidig an, nimmt die Tasse und trinkt den kalten Rest in einem Zug.

Er starrt mich stumm an. Bekommt er jetzt Vatergefühle?

Ein kurzes Aufblitzen auf seiner Brust weckt plötzlich meine Aufmerksamkeit und ich sehe genauer hin. Um seinen Hals trägt er eine goldene Kette, die mir bis eben nicht aufgefallen ist. Jetzt, wo ich das Amulett erkennen kann, raubt es mir den Atem.

Ein Krokodil.

Blicke ihm wieder ins Gesicht, er spricht eine Fremdsprache, die ich nicht verstehe. Wortlos verlässt er meine Wohnung.

25

Meine Finger gleiten über den Rand der Tasse, die eben noch mein Vater in der Hand hielt.

Als ich ein Junge war, wollte ich ihn unbedingt kennenlernen, malte mir aus, dass er mit mir Fußball spielen würde oder Zelten geht. Diese Fantasien hätte ich mir klemmen können. Er ist ein psychopathischer Wichser!

Warum hat ihn meine Mutter kontaktiert? Das ergibt keinen Sinn. Wenn sie darüber sauer war, dass ich bei ihr zuhause rumgeschnüffelt habe, was ich nicht getan habe, würde sie direkt mit mir sprechen. Teilen die beiden ein Geheimnis?

Beim Vater-Thema bin ich bei ihr auf Granit gestoßen. Da hieß es immer: »Das erzähle ich dir später mal.« Immer wieder sah ich Angst in ihren Augen aufflackern, wenn ich nach ihm fragte.

. . .

Dir würde das Kotzen kommen, wenn du wüsstest, was für ein Arschloch ich bin.

Wird er Caro und Sebastian aufsuchen? Sollte ich sie warnen?

Macht das ihr wegkommt, mein Vater ist gerade richtig in Rage?

Woher hat Caro die Bilder, wenn nur meine Mutter eins besitzt?

Würde gerne meine Mutter zur Rede stellen, aber ich bin unschlüssig.

Deine Mutter ist abgeklappt. Lass sie in Ruhe!

Sehe wieder den bärtigen Mann vor mir. Vater kommt mir nicht über die Lippen. Wie er aufsprang. Schnell. Drahtig. Konsequent. Das Gegenteil von mir. Wie wäre es gewesen, wenn ich mit ihm aufgewachsen wäre? Hätte er mich geprägt? Wäre ich ein Anderer geworden? Mich erschreckt der Gedanke, weil er mir gefällt.

Aber wie er über Mutter gesprochen hat, wie er sich selbst als schlechten Menschen betitelte. Wie er mich behandelt hat. Hat er das getan, damit keine Vater-Sohn-Gefühle aufkeimen?

Was für ein Scheiß! In meinem vorigen Leben hätte ich Sebastian sofort davon erzählt, was ich für einen Vater habe. Aber was macht dieser Wahnsinnige? Tötet Katrin vor meinen Augen.

Erinnere mich an die Scharade von Neschlin. Sie wollte mir mit ihrer Inszenierung demonstrieren, dass ich nicht alles glauben soll, was meine Augen sehen.

Raffe nichts davon.

Sebastian bringt Katrin um, aber Caro bekommt Nachrichten von ihr. Keine Leiche kein Blut. Messer weg, Messer da. Die Begegnung mit der Putzfrau, Basti schwört, er hat keine. Jemand verfolgt mich. Caro hat Bilder von meiner Mutter, Melanie und einem Soldaten. Der taucht bei mir auf und stellt sich als mein Vater vor und das glaube ich ihm.

Irgendetwas übersehe ich.

Gibt es überhaupt einen Zusammenhang? Es kann doch nicht sein, dass zufällig die Hölle in meinem Leben ausbricht. Jeden Tag ein Stück mehr.

Blicke aus dem Fenster. Der Himmel sieht aus, als würde er orange und rot brennen. Warte bis die Dunkelheit kommt, und allmählich den brennenden Himmel erstickt.

Während ich hinausstarre denke ich an morgen und fühle Hoffnung. Frau Dr. Neschlin könnte so etwas wie meine Freundin sein, eine echte Vertraute. Sie kann mich retten, wenn ich ganz offen bin. Dieser Gedanke gibt mir Zuversicht, die sich wie eine warme Decke über mich legt. Bis mir eine Stimme die Decke wieder wegreißt.

. . .

Sie kann nicht deine Freundin sein. Sie ist mit Sebastian zusammen.

26

Punkt 14:00 Uhr. Forschen Schrittes betrete ich den dreieckigen Raum der Praxis. Eilig blicke ich mich um und stelle erleichtert fest, keine Bilder von Waffen an den Wänden, der unbequeme Stuhl ist geblieben.

Die Ärztin beachtet mich nicht, schaut stur auf ihren Bildschirm. Heute sieht sie besonders streng aus. Ihre schulterlangen blonden Haare sind zu einem Dutt geschnürt. Sie trägt einen schwarzen, langärmligen Rollkragenpullover. Ihr Anblick macht mich nervös. Bleibe neben den Stuhl stehen. Einen Moment lang schweigen wir uns an. Ohne aufzuschauen sagt sie. »Sie können sich setzen.«

Das tue ich. Mein Mund ist trocken.

»Möchten Sie etwas trinken?« Sie kann Gedanken lesen?

»Gern.« Sie steht auf. Geht diesmal nicht zum Kühlschrank, sondern zu einer Anrichte, auf der eine Karaffe und mehrere Gläser stehen. Das erinnert mich an früher. Wie in alten Filmen. Wer benutzt heutzutage noch eine Karaffe? Ja, offensichtlich meine Psychotherapeutin. Schweigend reicht sie mir ein Glas Wasser, nimmt das andere und stellt es neben ihren Laptop. Jetzt sehe ich den Rest ihrer Kleidung, einen schwarzen Rock dazu Stiefel mit Fransen.

Eine Frau, die mich anzieht und gleichzeitig verunsichert. Wahrscheinlich geht es nicht nur mir so in ihrer Gegenwart. Noch immer Schweigen und Nichtbeachtung. Alles an der Situation versprüht Kälte. Arroganz mir gegenüber oder Kalkül? Egal, die Frau weiß was sie tut, ich vertraue ihr. Nachdem ich einen großen Schluck getrunken habe, räuspere ich mich. So langsam nervt es, dass sie nichts sagt.

»Ich bin gleich bei Ihnen«, sagt sie, während sie weiter auf ihren Bildschirm stiert. Toll. Je länger sie mich sitzen lässt, desto mehr stelle ich in Frage, ob mein Vertrauen zu ihr eine gute Idee ist. Wie würde sie wohl reagieren, wenn ich ihr erzähle, dass ihr Liebhaber mein bester Freund ist? Dass sie mit dem Mann schläft, von dem ich denke, dass er Katrin umgebracht hat? Nein. Das behalte ich lieber für mich. Sonst kommen die Jungs mit der Zwangsjacke.

Sie fängt an, ihren Kugelschreiber zu malträtieren, während sie weiter gebannt auf ihren Bildschirm schaut.

Klick, Klick, Klick.

Macht sie das mit Absicht?

Klick, Klick, Klick.

Hör auf damit, das macht mich aggressiv.

Atme tief ein und wieder aus.

Klick, Klick, Klick.

Knirsche mit den Zähnen.

Klick, Klick, Klick.

»Können wir anfangen?«, frage ich, weil ich irgendwas sagen muss.

Sie wirft mir einen verärgerten Blick zu. Offensichtlich habe ich hier nichts zu sagen, verraten ihre Augen. Das tatenlose Herumsitzen strapaziert mich. Um wenigstens etwas zu tun, trinke ich das restliche Wasser in einem Zug aus.

»Das trifft sich ja gut, ich auch.« Sarkasmus kann sie.

»Wie geht es Ihnen heute?« Die Tonart der Frage verrät mir, dass sie es nicht interessiert. Einfach nur eine Höflichkeitsphrase. Aber ich lasse mich davon nicht verunsichern. Sie weiß, was sie tut, sie ist der Profi, der mir helfen wird. Mein Rettungsring auf dem aufgewühlten Meer.

»Eigentlich ganz gut.« In dem Moment, wo ich es ausgesprochen habe, merke ich, dass ich ihr eine Steilvorlage gegeben habe.

»Eigentlich?«

Ich kann nicht anders, ich grinse.

»Was ist daran so lustig?«, fragt sie schroff.

»Weil ich ahnte, dass Sie das Wort aufgreifen würden.«

»Aha.« Nichts weiter, nur aha.

Spüre erneut Durst. Ungewöhnlich. Vielleicht von den Tabletten, die ich einnehme? Der Drang nach Wasser ist größer als die Scham, sie darum zu bitten.

»Könnte ich bitte noch einmal etwas zu trinken haben?« Sogar meine Stimme klingt trocken.

»Seien Sie so nett und bedienen Sie sich bitte selbst.«

Ich tue es. Gieße das Glas randvoll. Trinke es sofort aus und gieße mir noch einmal nach. Das sind garantiert die Tabletten, ich habe einen regelrechten Brand.

Den hast du doch zu Hause nicht gehabt.

»Stimmt«, entfleucht es mir.

»Wie bitte?« Sie starrt mich merkwürdig an, als würde sie auf etwas warten.

»Hrmpf …«, lalle ich.

»Ich …«, schaffe es gerade noch meinen Stuhl zu erreichen. Was ist denn jetzt los? Alles um mich herum bewegt sich, wabert an mir vorbei. Komme mir vor wie in einem Karussell. Was passiert hier?

»Ich.« Nein, ich kann mich anstrengen, wie ich will, mehr bekomme ich nicht heraus. Die restlichen Worte sitzen fest. Sagt sie etwas? Hört sich an, wie ein Tonband mit halber Geschwindigkeit.

Mein Kopf sackt nach vorn. Kann ihn nicht halten. Bekomme ihn nicht wieder hoch, hab keine Kontrolle über meine Muskeln. Schlafen wäre toll. Steht sie vor mir? Spüre eine Hand, die meinen Kopf hochdrückt, so das er nach hinten fällt. Eine bewegende Fläche kreist über mir. Das ist lustig. Da lacht jemand. Bin ich das selbst?

Ein Gesicht direkt vor mir, unscharf und flackernd. Jemand fasst mir in den Mund und zieht an meiner

Zunge. Meine Augen schließen sich von allein. Sie brennen. Sie tränen. Mir ist verdammt übel.

Hört doch mal auf meinen Stuhl zu drehen.

Wasser. Ich will Wasser. Bitte. Wasser. Gebt mir ganz viel Wasser. Nur einen Schluck, dann geht es mir wieder gut. Wirklich. Glaubt mir doch. Meine Augen lassen sich nicht mehr öffnen. Wasser. Schlafen. Ja, ich möchte jetzt schlafen. Aber erst noch Wasser.

27

Wer trommelt da in meinen Kopf? Schmerzen, die in meinen Schläfen explodieren. Rieche Rauch. Das Kitzeln im Hals wird zu einem Kratzen. Ich kämpfe dagegen an und verliere. Ein Hustenanfall schüttelt meinen Körper. Meine Augen lassen sich nicht öffnen. Wie Blitze am Horizont sehe ich einzelne Bilder. Sehe Dr. Neschlin. Ja, da war ich heute. Wie bin ich nach Hause gekommen? Immer mehr Gedanken werden wie aus einer Konfettikanone in meinen Kopf geschossen. Sie segeln umher und immer, wenn ich sie greifen möchte, werden sie von einer Windböe durcheinandergewirbelt.

Schaffe es endlich, die Augen einen Spalt zu öffnen. Versuche, den Schleier wegzublinzeln. Zucke zusammen. Sie starrt mich an. Mitten in ihrem Gesicht ein glühender Punkt, der fortwährend aufglimmt.

»Schön, dass Sie wieder bei mir sind Herr Ender.« Ihr Gesicht entfernt sich. Bin ich nicht zuhause? Meine

Verwirrung steigt, als ich versuche, mir den Schweiß von der Stirn wegzuwischen. Es geht nicht. Meine Hände werden gehalten. Das ist nicht nur ein Gefühl, sie werden tatsächlich gehalten. Von Kabelbindern. Meine Hände sind mit Kabelbindern an der Armlehne fixiert.

Das Jucken der Schweißperlen auf meiner Stirn nimmt zu. Verstehe gar nichts mehr. Sitze wie zuvor auf diesem harten Stuhl in ihrer Praxis.

War nie weg? Habe einen Filmriss. Gibt es irgendeine Erklärung für diesen Scheiß? Blicke mich um. Hier ist nichts, das mich weiter bringt. Sehe das Glas neben ihrem Laptop. Voll bis oben hin. War es das? Im Wasser ist etwas, was mich kampfunfähig gemacht hat. Sie hatte mir doch versprochen, dass sie mit dem Blödsinn aufhört.

Frau Doktor raucht genüsslich eine Zigarette. Bläst den Rauch Richtung Decke und sieht entspannt aus. Mein Mund versucht, einen Satz zusammenzubringen.

»Was soll das hier alles?«, stammel ich. Sie qualmt unbeirrt weiter und schließt ihre Augen.

»Ist das wieder eines Ihrer Experimente? Sie hatten mir versichert, dass es keins mehr geben wird.«

Sie summt vor sich hin. Hat sie mich überhaupt vernommen? Meine Zunge ist schwer, alles was ich sage, kommt lallend aus meinem Mund. Sie wirkt wie in einer anderen

Welt. Blicke auf meine Handfesseln. Versuche zu eruieren, ob es eine Möglichkeit gibt mich davon zu befreien. Bewege meine Handgelenke. Die Schmerzen von den einschneidenden Plastikschnüren sind nicht auszuhalten.

»Frau Neschlin, ich bitte Sie. Was soll denn das hier bringen? Ich glaube nicht mehr, dass mir ihre Therapiemethoden gefallen. Machen Sie mich los. Bitte!«, jammere ich.

Sie reagiert nicht. Mir wird übel. Ich kann mir keinen Reim auf das alles hier machen.

»Frau Neschlin!«, meine Stimme klingt hysterisch.

Sie drückt ihre Zigarette aus, geht hinter ihren Schreibtisch. Öffnet eine Schublade. Holt nacheinander verschiedene Gegenstände heraus. Reiße meine Augen auf, als ich erkenne, was sie dort vor sich ausbreitet.

»Was soll das?«, flüstere ich entsetzt.

Sie scheint nicht ein Wort von mir wahrzunehmen.

Entdecke eine Waffe. Diesmal es ist wirklich eine Pistole, kein Handy. Vielleicht eine Attrappe? Es geht weiter. Als nächstes befördert sie eine Spritze und ein kleines Fläschen zu Tage. Die Psychologin würdigt mich keines Blickes, summt vor sich hin, zieht sich Einweghandschuhe über. Bei jedem klatschenden Geräusch, das sie erzeugt, wenn sie die Handschuhe loslässt, zucke ich zusammen. Was hat diese kranke Frau vor?

Ok, jetzt sag schon, das war wieder ein Test und jetzt mach mir die scheiß Kabeldinger ab.

Sie scheint bereit zu sein. Für was auch immer. Grinsend betrachtet sie die Utensilien, die sie vor sich ausgebreitet hat. Versuche, mich von ihr wegzubewegen. Der Stuhl bewegt sich keinen Millimeter.

Lieber Gott, lass mich aus diesem Alptraum erwachen!

Sie hat die Spritze in die Flasche gestochen und zieht die Flüssigkeit hinein.

»Bitte, ich flehe Sie an. Was immer ich getan haben sollte, wir können über alles reden. Das hier ist doch eine Gesprächstherapie?!«

Keine Reaktion. Sie summt unbeirrt weiter, während sie mehrmals gegen die Spritze schnippt. Dann legt sie die Spritze zur Seite, greift nach der Waffe und lädt sie durch. Sämtliche Schreie bleiben mir im Hals stecken. Atme hektisch, habe das Gefühl, die Luft reicht trotzdem nicht. Bin durchnässt, als wäre ich durch einen Wolkenbruch gelaufen. Mit der Waffe in der einen und der Spritze in der anderen Hand kommt sie mir entgegen. Gott im Himmel.

»Was ist da drin? Was geben Sie mir da?«

Ihr Blick lässt mich sofort verstummen. Ich habe nie so viel Hass gesehen. Sie hält mir die Waffe an die Stirn. Das kalte Metall ätzt sich in meine Haut.

»Pscht! Halten Sie bitte still Herr Ender. Oder darf ich Rick sagen?«

Was sollen diese Floskeln? *Bitte halten Sie still?* Hier läuft gewaltig was schief. Stillhalten kann und will ich nicht! Trotz heftiger Schmerzen versuche ich, meine Hände loszubekommen. Aussichtslos.

. . .

Fassungslos schaue ich sie an. Spüre, wie die Spritze in meinen linken Arm eindringt. Gleichzeitig streicht sie mit der Pistole über mein Gesicht.

»Mach auf!«, sagt sie, bevor sie mir die Waffe in den Mund steckt. Ihr Gesicht nähert sich meinem. Ihr Atem brennt in meinem Ohr. Würge. Der Metallgeschmack ist unerträglich.

»Armer Rick. Ich weiß, wie du dich fühlst«, aus ihrem Flüstern wird ein Zischen. Es ist vorbei, jetzt ist es überstanden, da bin ich mir vollkommen sicher. Plötzlich zieht sie die Waffe wieder aus meinem Mund, der trotzdem offenbleibt. Kann nicht mehr schlucken. Ich atme nicht. Ich bin tot.

Langsam wandert die Pistole wieder zu meiner Stirn. Neschlin starrt mir die ganze Zeit in die Augen. Dann formt sie mit den Lippen. »Peng!«

Der Schrei, den ich ausgestoßen habe, hallt in mir nach.

Unvermittelt entfernt sie sich von mir, legt Waffe und Spritze auf den Schreibtisch, zündet sich eine weitere Zigarette an, greift einen Stuhl und zieht ihn hinter sich her, kommt zurück zu mir.

Mit der Lehne zu mir gewandt setzt sie sich verkehrt herum hin. Nimmt einen tiefen Zug und bläst mir den Qualm ins Gesicht. Ich kann vor Angst nicht einmal husten.

»Ich möchte dir gerne eine Geschichte erzählen Rick. Darf ich?«

Wieso fragt sie? Habe ich denn eine Wahl? Spüre mich nicht mehr. Bin eine leere Hülle. Mich hat alles verlassen, was man Leben nennt.

»Als ich 18 Jahre alt war …« Sie stockt, ein verklärtes Lächeln breitet sich in ihrem Gesicht aus. Dann fährt sie fort …

28

Als Carola die Tür öffnet, erkennt sie ihn sofort. Kurz überlegt sie, ob sie die Tür wieder zuschmeißen soll. Die Waffe in seiner Hand lässt den Gedanken genauso schnell verschwinden, wie er aufgetaucht ist.

Wortlos stehen sie sich im Flur gegenüber. Sie verspürt keine Angst, Unwohlsein, aber keine Angst. Er schaut sich um. Sie versucht es mit Ahnungslosigkeit. »Was wollen Sie, ich habe kein Geld oder sonstige Habseligkeiten.« Mit erhobenen Händen steht sie vor ihm und versucht seinem Blick standzuhalten.

Der Mann packt blitzschnell ihre Haare und zerrt sie ins Wohnzimmer. Die Schmerzen treiben ihr die Tränen in die Augen, aber sie presst die Lippen zusammen. Kein Ton kommt heraus. Mit einem Ruck stößt er sie auf die

Couch und sieht sich wieder um, geht zum Fenster, um nachzusehen, ob ihm jemand gefolgt ist.

»Du weißt, wer ich bin! Damit hast du einen Vorteil, denn weder habe ich einen Schimmer, wer du bist, außer dass du die Schlampe von meinem Sohn sein sollst, noch habe ich eine Ahnung, was du von mir willst«, brüllt er sie an. Seine Worte kommen schnell, als müsste er sich beeilen.

Caro wischt sich die Tränen weg. »Ihr Sohn? Das ich nicht lache!«

Er tritt vom Fenster weg, hockt sich auf den Sessel gegenüber. »Stelle dir die Frage noch genau einmal, also hör gut zu!« Er richtet sich auf und zielt wieder mit seiner Waffe auf sie, um seinen Worten Nachdruck zu verleihen.

»Wer seid ihr alle und was wollt ihr von mir?«, fragt er schneidend.

Sie schweigt, denkt an die Anweisung, die ihr gegeben wurde. Wenn sie alles einhält, ist der Spuk vorüber oder ist sie bereits zu weit gegangen? Sie fängt an zu zittern. Kann nicht einschätzen, zu was er fähig ist.

Er demonstriert es ihr. Ohne Ankündigung springt er auf, knallt den Tisch zur Seite, der zwischen ihnen stand und reißt Caro am Arm hoch, drückt die Waffe unter ihr Kinn. Ein unerträgliches Klicken erklingt, dann ist er nur wenige Millimeter von ihrem Ohr entfernt und flüstert: »Ich weiß nicht, warum ihr Menschen alle so dämlich seid und euch das Leben schwer machen müsst. Immer predige ich, macht was ich will, und alles wird gut. Ihr müsst erst die Schmerzen spüren, die Angst im Nacken haben, bevor ihr euch fügt. Du bist ein tapferes aber dummes Mädchen. Keine Ahnung, wie mein Jammerlappen von Sohn an so eine Frau gekommen ist?«

Er beginnt, ihr den Arm zu verdrehen. Aus ihrem Stöhnen werden Schreie, bis sie es nicht mehr aushält. »Ist ja gut!«, brüllt sie.

Er lächelt.

»Gutes Mädchen. Wir gehen jetzt zu meinem Wagen und während wir zu Rick fahren, sagst du mir, was hier gespielt wird.«

29

»Als ich 18 Jahre alt war, bin ich mit ein paar Freundinen nach Ost-Berlin gefahren. Wir waren so jung. Naiv. Wollten Abenteuer erleben, dachten, wir wären Rebellinnen.« Sie nimmt wieder einen langen Zug und ich frage mich, was diese Farce soll?

»Wir fühlten uns frei, wollten den Osten aufmischen. Trafen uns mit ein paar DDR-Jugendlichen, die im Kopf aufmüpfig waren, aber außerhalb ihrer Gedanken scheue Rehe, die nichts und niemandem etwas antun konnten. Unsere Girlpower aus dem Westen taute sie auf und machte sie mutiger. Zusammen beschmierten wir ein Polizeirevier mit kindlichen Parolen. *Freiheit für alle. Nieder mit der Mauer.* Und anderem Kram. Wir fühlten uns wie Revolutionäre beim Sturm auf die Bastille.«

Sie drückt die Zigarette aus. Strafft sich. Ihr verklärter Mund verzieht sich zu einer schmalen Linie.

. . .

Ihre Geschichte erzeugt Fragezeichen, die wild blinken. Warum zum Teufel erzählt sie mir das jetzt? An einem anderen Ort zu einer anderen Zeit in einer anderen Situation würde ich sie fragen, was das alles mit mir zu tun haben soll. Aber ich bin gefangen, gefesselt an diesen dreieckigen Ort, sitze hier mit einer Frau deren Beruf es ist, anderen mit psychischen Problemen zu helfen und nicht selbst zum Psychofall zu werden.

Mein Überlebenswille befiehlt mir, still zu sein. Alles bleibt still. Schreie still. Bettele still um Gnade. Ohrenbetäubend still.

Sie schlüpft bei ihrem dramatischen Stück in eine andere Rolle, scheint alle Rollen selber spielen zu wollen und stempelt mich zum Statisten ab.

»Wir wurden natürlich verhaftet. Keine zehn Minuten hatten wir die DDR im Griff.« Sie lacht zynisch.

»Es waren keine Polizisten, die uns festnahmen. Volkspolizisten sollten wahrscheinlich nicht das Volk gefangen nehmen. Nein, es waren diese Lederjackentypen mit ihren schwulen Handtäschchen. Sie sahen alle gleich aus. DDR-Roboter des ostdeutschen Geheimdienstes. Sie bedienten das Stasiklischee, dass wir aus dem Westen kannten mit voller Wonne. Anscheinend wurden sie in diesen Jacken schon geboren, es war ihre zweite Haut. Ich meine, wir waren junge Mädchen, standen noch nicht richtig im Leben, wollten uns ausprobieren. Sie behandelten uns wie Vieh. Als sie mitbekamen, dass ein Teil der Gruppe aus dem Westen kam, frohlockten sie regelrecht. Das war für die ein Sechser im Lotto. Uns wurden keine Rechte vorgelesen, kein Grund genannt, warum sie uns festhielten. Wir mussten uns vor sie hinstellen und uns nackt ausziehen. Egal, ob Junge ob Mädchen. So ließen sie uns ewig stehen. Irgendwann bekam jeder graue stinkende Sachen, nur Hose und Hemd, die wir anziehen mussten. Dann wurde jeder einzeln abgeführt. Als wir nackt vor ihnen standen, merkte ich schon, dass sämtliche Aufmerksamkeit auf mich gerichtet war. Auf die Blonde mit den langen Beinen und den großen Titten.«, sie hält inne, in ihren Augen erkenne ich Schmerz.

»Später erfuhr ich, dass die anderen längst gehen durften. Mich führten sie in ein Verlies. Der Gestank war kaum auszuhalten. Eine Mischung aus Urin, Kot und Verwesung.«

Sie sieht mich unvermittelt an, als fiele ihr erst jetzt wieder ein, dass ich da bin. Urplötzlich springt sie auf, geht zum Schreibtisch und holt die Waffe. Während sie mit ihr auf mich zielt, kommt sie langsam auf mich zu. Wieder versuche ich instinktiv, mich von ihr wegzubewegen, presse meinen Rücken gegen die Stuhllehne, dass es schmerzt.

Mitten in ihrer Bewegung stoppt sie, als wäre ihr etwas eingefallen. Sie lässt die Waffe sinken. Ihr Blick geht durch mich hindurch. Sie scheint nicht in der gleichen Welt wie ich zu sein.

Ihr läuft Speichel aus dem Mund, der wie ein glänzender Wurm aussieht. Sie hat mich mit ihrer Geschichte eingelullt, aber wenn ich sie so sehe, kommt die Angst mit voller Wucht zurück. Der Kontrast ihres blassen Gesichtes zu ihrer schwarzen Kleidung lässt sie wie eine Tote aussehen.

In was bin ich hier hineingeraten? Noch immer wird mir nicht klar, was ihre Geschichte mit mir zu tun hat.

Aus dem Nichts ist sie wieder klar. Setzt sich mir gegenüber. Sieht mich an. Wie am ersten Tag. Fast erwarte ich, dass sie den Spuk beendet, und sagt: »Na, wie hat Ihnen die kleine Show gefallen?«

Doch diesen Gefallen tut sie mir nicht.

»Möchtest du nicht wissen, wie die Geschichte weitergeht? Du weißt doch genau, was jetzt kommt? Der Gedanke daran macht dich garantiert geil, du kleiner Schwanzlutscher.« Sie greift mir brutal zwischen die Beine, mit der anderen Hand fuchtelt sie mit der Waffe vor meinem Gesicht.

»Die Augen und die Stimme werde ich in meinen Leben nicht vergessen«, flüstert sie und steckt mir die Waffe wieder in den Mund. »Na, macht dich das geil?«

Ich habe das Gefühl, mein Herz bleibt gleich stehen. Kann die Tränen nicht aufhalten.

»Weine nicht, kleiner Rick«, sagt sie mütterlich, zieht die Waffe wieder raus und erzählt weiter. Ihr Atem ist frostig. Ihr Mund an meinem Ohr. Sie flüstert: »Er drang in mich ein. Wieder und wieder. Aber er verlor schnell die Beherrschung und kam.«

Würge. Wegen der Geschichte, der Pistole oder beidem.

»Dann gingen sie und ließen mich wie ein Haufen Müll liegen.«

Sie macht eine Pause. Höre nur ihren flatternden Atem. Sie weint. Es ist das Weinen eines Mädchens. Sie weint, als hätte sie all die Jahre auf den heutigen Tag gewartet, alle Tränen zurückgehalten. Und tatsächlich möchte ich sie in diesem Moment in den Arm nehmen und trösten.

Das Aufflammen der Schmerzen in meinen Handgelenken, als ich unbewusst versucht habe, meine Hände zu heben, holt mich in meine nicht berauschende Realität zurück. In meinem Kopf dröhnt eine Lautsprecherdurchsage, *was hat das alles mit mir zu tun?*

Als ich sie wieder ansehe, sind ihre Tränen verschwunden und sie spricht weiter: »Ab dem Zeitpunkt erinnere ich mich an nichts mehr bis zu dem Augenblick, als ich wieder zuhause war und in meinem eigenen Bett erwachte.«

Sie hält den Atem an und als sie weiterredet, klingt ihre Stimme spröde: »Wochen später bei meinem Hausarzt wurde mir mitgeteilt, ich sei schwanger. Zu spät, um abzutreiben. Ich versuchte es selbst. Halbherzig. Mein Sohn wurde als Frühchen geboren. Und jetzt ...« Sie schweigt und hat erneut den eisigen Blick in ihren Augen, der mich frieren lässt.

Wie eine Dampframme schießt mir die Erkenntnis in den Kopf. Ihre Augen.

Es sind Sebastians Augen.

30

Mir fehlt jedes Zeitgefühl, wie lange ich mit dieser Gewissheit da hockte und versuchte, einen klaren Gedanken zu fassen.

»Sebastian ist Ihr Sohn?!«, sage ich laut und wie ein Orkan schießt die Szene im Auto durch mein Hirn. Das ist doch nicht euer Ernst?! Dass, was ich da sah, war doch kein *Sohn küsst Mutter* Kuss. Und wo bitte komme ich ins Spiel? Was hat Caro, meine Mutter und mein Vater damit zu tun?

Neschlin steht auf. Starrt ins Leere.

»Sebastian sollte tot sein. Ich wollte ihn nicht. Er ist die Brut dieses Abschaums.«, sagt sie kalt. Während sie weiterspricht, wechselt ihre Klangfarbe:

»Als ich ihn zum ersten mal im Arm hielt, war alles anders. Trotz seiner Gene war es mein Kind. Ich wusste, dass er nicht perfekt war, dass er eine Delle haben wird und mir war klar, dass es meine Schuld sein würde.

Damals wusste ich nur noch nicht, in welcher Form sich sein Defekt zeigen würde.«

Während sie redet, beschleicht mich der Eindruck, dass sie sich verändert hat. Ihre Augen liegen tief in den Höhlen, ihre Lippen wirken blutleer und vertrocknet.

»Als er fünf Jahre alt war, erkannte ich es dann. Eines Nachmittags kam ich in sein Zimmer. Er saß da mit weit aufgerissenen Augen, war überall voller Blut. Vor ihm lagen seine zwei Meerschweinchen, aufgeschlitzt. Er sah mich an mit seinen Kulleraugen und fragte, *bist du jetzt böse Mami?*« Sie wirkt gefangen in der Erinnerung, schluchzt kurz auf, redet weiter:

»Auch später, als er anfing, diese Frauen aufzuschlitzen, war das seine einzige Sorge. Ob Mami böse mit ihm sei. Mein Junge«, sagt sie mit verklärtem Blick. »Er kann nichts dafür. Es ist meine Schuld«, sagt sie und ballt ihre Hände zu Fäusten.

Es dauert einem Atemzug, bis ich begreife, was sie gesagt hat.

Als er anfing, diese Frauen aufzuschlitzen. Mehrzahl.

Kann hier nicht mehr sitzen bleiben. Muss sofort weg! Denn eines ist jetzt klar, Sebastian hat Katrin umgebracht. Alles ist wahr und ich habe es wirklich gesehen. Hält sie mich deshalb fest? Das ist der einzig logische Grund.

»Frau Neschlin.«

Keine Reaktion. Sie starrt an mir vorbei.

»Ich weiß nicht, was das alles mit mir zu tun hat. Wenn Sie denken, ich verrate Ihren Sohn, dann kann ich Ihnen versichern, dass ich das nicht tun werde.«

Eine Lüge.

Sie schaut mich an. Ein Lächeln gleitet über ihr Gesicht. Ein Lächeln, das aus meinem Magen einen eisigen Klumpen formt. Es ist die reine Verachtung. Ihr Gesicht nähert sich meinem. Nur wenige Zentimeter bleiben zwischen unseren Köpfen. Ich halte die Luft an. Sie sieht mich an, als würde sie jeden Moment Amok laufen. Wieder kriecht die Angst in mir empor. Ihr Verharren vor meinem Gesicht kommt mir wie eine Ewigkeit vor.

Plötzlich spuckt sie mir ins Gesicht. Kann nichts dagegen tun. Schmerzhaft melden sich die Kabelbinder zurück, als ich versuche, ihre Spucke wegzuwischen. Ist das die Antwort? Mich anzuspucken? Warum hasst sie mich? Einen Mann, den sie nicht kennt. Der nur den Fehler gemacht hat, mit ihrem Sohn befreundet zu sein. Mit ihrem Mördersohn. Sebastian ist ein Mörder. Die Vorstellung will nicht in meinen Kopf. Möchte etwas kaputt machen. Will weg.

Sie geht wieder hinter ihren Schreibtisch, setzt sich und führt ihren Monolog ansatzlos fort: »Sebastian erzählte mir von seinem neuen Freund. Dem Loser aus dem Osten. Er war ganz begeistert. Schon bevor ich dich sah, habe ich dich gehasst. Niemanden sollte er nah an sich ranlassen. Niemand sollte erfahren, zu was er fähig ist. Er erzählte ständig von dir und hatte kaum noch etwas anderes im Kopf. Das einzig Gute daran war, dass er für einige Zeit keine Frau mehr tötete, seitdem er dich kannte. Du warst eine Ablenkung. Er konnte dem dummen Jungen aus der DDR zeigen, wie die Welt funktioniert. Und dann, vor ein paar Tagen zeigte er mir Bilder von euch beiden.« Sie erhebt sich, zündet eine Zigarette an, spielt gedankenverloren mit ihrem Feuerzeug. Schließlich kommt sie zurück, setzt sich vor mich hin und bläst mir wieder Qualm ins Gesicht.

»Ich weiß noch genau, wie ich auf das Bild gestarrt habe. Sebastian fragte, was denn los sei, ich sei ganz blass geworden. Oh ja, der Raum drehte sich. Dann dachte ich nur, Gott wird sich etwas dabei gedacht haben, dass er dich zu mir schickte.«

Mich schickte? Sie scheint gerade verrückt zu werden. Ich komme an einen Punkt, an dem sich meine Angst in Wut wandelt.

»Du hast es immer noch nicht kapiert oder?«, fragt sie mitleidig.

»Ich kapiere nur, dass Sie verrückt sind. Sie haben nicht mehr alle Latten am Zaun«, schleudere ich ihr entgegen.

»Hui, der kleine Rick gibt Widerworte. Aber mach ruhig, tobe dich noch einmal so richtig aus.«

»Bevor was passiert?«, frage ich unwillig. Meine Anspannung lässt nach, die eben gefühlte Wut fällt in sich zusammen.

»Bevor die Spritze wirkt«, sagt sie emotionslos. »Ich hoffe, du hast brav deine Tabletten genommen. Freu dich auf die Wahnvorstellungen, die bald deinen Verstand umnebeln werden. Alle Welt wird denken, du seist geisteskrank.«

Ich lache. Hysterisch. Falsch.

»Sie sind doch die Geisteskranke hier. Ich werde Sie fertig machen, zur Polizei gehen und Ihren ganzen Zirkus auffliegen lassen!« Jetzt rede ich mich in Rage. Unüberlegt. Das ist mir egal. Die Stimmen in meinen Kopf fangen an, durcheinander zu sprechen. Sind das schon die Auswirkungen der Substanzen, mit denen sie mich in den Wahnsinn treiben will?

Sie kommt nicht mehr dazu, mir zu antworten, denn hinter mir kracht es und ich schreie auf. Neschlin reißt den Kopf hoch, starrt an mir vorbei. Die spärliche Farbe weicht aus ihrem Gesicht. Erkenne zum ersten Mal Unsicherheit in ihrem Blick. Sie gibt keinen Ton von sich. Leider ist es mir unmöglich mich umzudrehen, aber ich sehe meine Chance gekommen. Jemand hat die Praxis betreten.

»Bitte helfen Sie mir, diese kranke Frau hält mich gegen meinen Willen fest!«, schreie ich in den Raum. Neschlin hebt die Waffe und richtet sie wieder direkt auf mich.

»Du bescheuerte Kuh, leg endlich dieses Scheißding weg!«, brülle ich.

. . .

»Tun Sie, was er sagt!«, grollt jemand hinter mir. Diese Stimme kenne ich. Sie gehört meinem Vater. Ob ich will oder nicht, gibt mir sein Auftauchen Hoffnung.

Neschlin richtet sich auf und ihre Augen glühen, als hätte sie auf diesen Moment gewartet.

»Nach so vielen Jahren sehen Sie Ihren Sohn wieder und wollen ihn jetzt erneut verlieren?«

Sie weiß, dass er mein Vater ist. Woher? Ich wollte ihr heute von ihm erzählen. Eine widerwärtige Erkenntnis knallt mir in die Eingeweide, dass ich nicht mehr atmen kann.

Das fehlende Puzzleteil. Die Gedanken rauschen durch meinen Kopf wie eine Sendersuche im Radio. Das ist zu viel. Egal wie ich die Gedankenkarten drehe, ich ziehe immer die Arschkarte. Mein Vater ist Neschlins Vergewaltiger und Sebastian somit mein Stiefbruder. Möchte mich übergeben.

Als ich denke, schlimmer kann es nicht mehr kommen, höre ich eine Stimme, die wie ein Stromschlag durch meinen Körper fließt. Caro!

»Charlotte, lass den Scheiß endlich sein. Willst du, dass ich sterbe? Lass Rick gehen. Er hat versprochen, dass er mich dann auch gehen lässt«, schluchzt sie.

»Dem kann ich nicht widersprechen. Binde ihn los!«, sagt mein Vater.

Was geht da hinter mir vor? Wie in einem schlechten Film komme ich mir vor. Mein Vater hat Caro in seiner Gewalt und will sie gegen mich austauschen? Wie nobel von ihm, aber in welchem Verhältnis steht Neschlin zu

Caro? Bevor ich die Frage zu Ende denke, schießen die vergangenen Tage an mir vorbei. Die Szenen knallen mir um die Ohren. Caro, Katrin, Sebastian, Melanie, mein Vater und diese wahnsinnige Psychologin. Alle Teile liegen vor mir, aber noch immer kann ich sie nicht richtig miteinander verbinden.

Mir bleibt auch keine Zeit dafür, denn in diesem Moment höre ich einen Schuss. Presse meine Lider zusammen, zittere und kann nicht damit aufhören. Etwas streift meine Wange. Es brennt, tut weh. Warme Flüssigkeit läuft mein Gesicht herunter. Weitere Schüsse fallen und ich kann nichts tun. Nicht in Deckung gehen, nicht wegrennen. Bin mittendrin.

Höre Schreie. Die Geräusche kommen von überall. Hinter mir fällt etwas zu Boden. Es kracht und zischt um mich herum. Wieder ein Schuss. Reiße die Augen auf. Neschlin ist verschwunden. Ist sie tot? Liegt sie hinter dem Schreibtisch?

»Caro?«, brülle ich. Keine Antwort.

»Frau Neschlin?«

Nichts. Hinter mir wieder Geräusche. Nach meinem Vater zu rufen schaffe ich nicht. Was soll ich rufen? Vater? Papa? Nichts passt zu einem Vergewaltiger.

Plötzlich taucht er in meinem Gesichtsfeld auf. Ohne dass ich darüber nachdenke, platzt es aus mir heraus: »Du hast diese Frau vergewaltigt? Sitze ich wegen dir hier?«

Er kramt in seinen Taschen. Dann hat er, was er gesucht hat. Ein kleines Taschenmesser. Ich stöhne auf, als er anfängt, den ersten Kabelbinder durchzuschneiden. Die Plastikstreifen liegen so eng um mein Handgelenk, dass er kaum mit dem Messer dazwischen kommt. Es fühlt sich wie eine Ewigkeit an, bis er endlich eine Fessel gelöst hat. Er schnauft. Schweißperlen tanzen auf seiner Stirn. Auch die Befreiung der anderen Hand dauert und die Schmerzen sind kaum auszuhalten. Unsere Blicke treffen sich. Zwei leere Augen sehen mich an.

Eine neue Stimme brüllt: »Du dumme Sau kommst jetzt ganz langsam hoch. Deine Hände so, dass ich sie sehen kann. Keine schnellen Bewegungen.«

Es ist Sebastian. Dann sind wir ja vollzählig. Mein Vater erhebt sich.

Jetzt, wo ich befreit bin und aufstehen könnte, habe ich keine Kraft dazu. »Was ist mit Caro? Geht es ihr gut?«, frage ich mit bebender Stimme.

»Sie ist in Sicherheit. Und du bleib einfach da sitzen Rick!«, höre ich Sebastian sagen.

»Wie du befiehlst«, sage ich sarkastisch.

»Ist das nicht berauschend, Herr Ender?« Neschlin kommt wie aus dem Nichts hinter ihrem Schreibtisch hervor und ich bin enttäuscht, dass sie keine der Kugeln getroffen hat. Sie starrt meinen Vater an und der Hass entstellt ihr Gesicht.

»Nach all den Jahren plötzlich seine beiden Söhne zu sehen, muss doch ein Freudentag sein?« Sie steht mit ihrer Waffe im Anschlag da.

»Sie hat dich was gefragt, Paps!«, sagt Sebastian verachtungsvoll.

Mein Vater dreht sich direkt zu Neschlin. Nimmt seine Hände seelenruhig runter und fängt mit einem Mal an lauthals zu lachen. Sein Lachen wirkt so deplatziert in dieser Situation, wie die ganze Scheiße, die hier abläuft.

»Deswegen der ganze Aufwand?«, prustet er.

»Auf die Knie und nimm die Hände hinter den Kopf!«, brüllt Neschlin und mein Vater folgt ihrer Aufforderung, aber er hört nicht auf zu lachen.

»Ich glaube das alles nicht. Ich dachte, jemand hat mich enttarnt. Aber nein, irgend eine Alte, die ich mal geknallt habe, fordert jetzt ihre Alimente ein und macht einen auf Familienzusammenführung.«

Sie tritt auf ihn zu, steht über ihm wie der leibhaftige Teufel. Ihre Augen funkeln. Die Waffe zittert in ihren Händen. Überlaut höre ich, wie sie den Hahn des Revolvers zurückzieht.

»Martin Ender. Du hast mich vergewaltigt, da war ich gerade mal 18 Jahre alt. Zwei Männer mussten mich festhalten, damit du das zustande bringen konntest. Als du über mir lagst, habe ich in deine Augen geblickt und dir versprochen, dass du das büßen wirst. Dieser Tag ist endlich gekommen.«

Ich starre in ihre Augen und weiß, niemand wird sie davon abhalten. Sie wird es tun. Blicke zu meinem Vater, der dumm grinst und ihr offensichtlich nicht zutraut, was sie vorhat.

Die Sekunden bis zum Schuss ziehen sich in die Länge. Plötzlich zerreißt er die Stille und ich werde zum zweiten Mal in meinem Leben Zeuge eines Mordes. Der Knall hallt in meinen Ohren nach. Sehe die Szene immer und immer wieder, wie die Kugel in seinen Kopf eindringt, ihn durchschlägt und mein Vater nach vorn umkippt. Nicht mehr lacht. Nie wieder lachen wird und ich weiß nicht, ob ich darüber traurig bin.

Stille. Ich habe das Gefühl, dass jeder in diesem Raum den Atem angehalten hat. Auf einmal spüre ich einen Stich in meiner rechten Schulter und bevor ich in die Finsternis tauche, sehe ich das zufriedene Gesicht von Neschlin.

31

Das Krokodil trägt einen weißen Kittel und spricht mit mir: »Schön, Sie sind endlich wach.« Endlich wach, was bedeutet das?

»Wo bin ich?«, frage ich und schließe meine Augen. Als ich sie wieder öffne, steht eine junge adrette Frau vor mir. Ihre langen schwarzen Haare glänzen im Sonnenlicht, das durch das vergitterte Fenster fällt. Sie lächelt mich an. Warum ist da eine Vergitterung? Verdammt, wo bin ich?

»Frau Neschlin ist sofort bei Ihnen.« Rumms! Mein Bewusstsein füllt sich mit Blut, Schreien und Schüssen. Das Gedankenkarussell nimmt wieder Fahrt auf. Versuche, die Bilder aus meinem Kopf zu schütteln, will aufstehen. Es reicht offensichtlich nicht, dass ich zweimal in kürzester Zeit Zeuge eines Mordes wurde, jetzt bin ich einmal mehr fixiert. Diesmal am Bett, in dem ich wie aufgebahrt liege. Die Kabelbindernarben sind bandagiert. Darüber wurden jeweils Lederriemen geschnürt, die mich bewegungsunfähig machen.

. . .

»Was soll der Scheiß schon wieder? Wo bin ich und wer sind Sie überhaupt?«, fahre ich sie an.

Sie behält trotz meines rüden Tones ihr angestrengtes Lächeln. »Ich bin Schwester Kerstin. Sie befinden sich in Frau Dr. Neschlins Privatklinik.«

In den Fängen des Teufels.

»Machen Sie mich sofort los! Was soll dieser Schwachsinn?«

»Es ist zu Ihrer eigenen Sicherheit«. Dieses verdammte Lächeln wirkt wie in ihr Gesicht operiert. Sie huscht von hier nach da und kramt in irgendwelchen Schubladen.

»Zu meiner eigenen Sicherheit«, äffe ich sie nach. »Hat sie Angst vor mir oder warum hält sie mich hier fest?«, schreie ich und reiße an meinen Fesseln.

»Sie ist eine Mörderin, ihr Sohn ist ein Mörder. Holen Sie die Polizei!«

Sie blickt mich mitleidig an.

»Seien Sie froh, dass Frau Dr. Neschlin es vorgezogen hat Sie zu behandeln, statt Sie der Polizei zu überstellen. Das Gefängnis würden Sie niemals wieder verlassen.«

Sie schaut mich an, als würde sie sich ekeln, und zischt: »Sie Schwein! Sie Frauenmörder! Wie viele waren es? Und dann noch den eigenen Vater ...« Sie hält inne und wendet sich ab.

Nein! Will aufspringen und ihr die Wahrheit zubrüllen, aber Neschlin hat ganze Arbeit geleistet. Die Schwester hält mich für einen geisteskranken Mörder. Alles was ich sagte, hat sie nur in ihrer Überzeugung bestätigt. Für sie bin ich ein Irrer, ein Ungeheuer, das Frauen aufschlitzt und versucht, die Taten auf Neschlin und ihren Sohn zu schieben.

Was soll ich verdammt nochmal tun? Wenn niemand nach mir sucht, werde ich hier verrotten. Meine Mutter. Doch wie soll sie mich finden? Und Caro? Was spielt sie für eine Rolle in diesem Komplott? Mein Vater hatte sie in seiner Gewalt. Hätte er ihr etwas angetan? Die Vorstellung ist nicht auszuhalten, weil ich weiß, er wäre dazu in der Lage gewesen. Er tut nie wieder einer Frau etwas an. Der Gedanke beruhigt mich, dennoch werde ich die Bilder, wie sie ihn erschossen hat, nie aus meinem Kopf bekommen.

Anscheinend hat die gute Frau Doktor mir alle Morde angehängt. Aus dem Schlamassel komm ich nie wieder raus und aus dieser Verwahrung wahrscheinlich auch nicht.

Neschlin taucht im Türrahmen auf, heftet ihren eisigen Blick auf mich. Die Schwester verkündet untertänig: »Der Patient ist wach und vital«, verlässt eilig das Zimmer, als müsste sie vor mir davonrennen oder vor dem Ungeheuer, das hier das Sagen hat.

Die Ärztin wird von einem dunkelhäutigen Schrank begleitet. Die Alte hat sich einen Aufpasser zugelegt? Wozu? Wegen mir? Hat sie Angst?

Neschlin schaut sich im Zimmer um und ich erwarte

fast die Frage, ob alles zu meinen Wünschen ist. Sie setzt sich auf die Bettkante, zündet sich eine Zigarette an.

»Die Umstände lassen mir leider keine andere Wahl.«, sagt sie und blickt mich desinteressiert an. Leider? Erkenne kein Bedauern. Ich passe perfekt in ihren kranken Plan.

»Schwachsinn, Sie haben eine Wahl! Gehen Sie zur Polizei und erzählen Sie, wie es wirklich war. Sie bekommen doch bestimmt mildernde Umstände, wenn die Ihre herzzerreißende Geschichte hören.«

Ok, das war unfair, sogar ich kann nachvollziehen, dass mein Erzeuger die gerechte Strafe bekommen hat, obwohl ich kein Verfechter von Selbstjustiz bin.

»Ich kann es aus Ihrer Sicht nachvollziehen, dass Sie mich benutzt haben, um an meinen Vater heranzukommen. Aber was soll das hier bedeuten? Sie hatten Ihre Rache.« Suche nach einer Gefühlsregung in ihren Augen.

»Du hast recht.« Sie blickt mich an, als würde sie für einen Moment in Betracht ziehen, dass es falsch ist, mich hier weiter festzuhalten. »Du musst dich in meine Lage versetzen. Durch dich habe ich die Möglichkeit, mein und Sebastians Leben wieder in geordnete Bahnen zu lenken. Ja, meine Rache hatte ich, aber ich kann meinen Jungen nicht verlieren. Er braucht mich. Du warst zur richtigen Zeit an der richtigen Stelle.« Sie zuckt mit den Achseln, als wäre das nur ein bisschen Pech, ein Kratzer, der keine Konsequenzen hat.

Dann bin ich wohl das Bauernopfer. Mein Herz jagt, will

nicht glauben, dass es so einfach ist, mein Leben zu zerstören.

»Damit wollen Sie durchkommen? Man wird mich suchen!« Ich versuche einen Vorstoß. »Caro wird nach mir fragen, ich weiß, dass Sie mich liebt.«

Sie hat einen Ausdruck im Gesicht, als würde sie mir lieber einen Gnadenschuss versetzen, als mir die Wahrheit zu sagen. »Caro?«, sie lacht belustigt, »wahrscheinlich war sie flüchtig in dich verliebt, aber ich habe dafür gesorgt, dass sie dich in einem anderen Licht sieht.«

Diamanten schießt es mir in den Sinn und ich kann einen Moment nicht mehr atmen. So fügen sich die Puzzleteile Stück für Stück. Neschlin hat Melanie zu mir geschickt. Caro musste denken, dass ich es nicht besonders ernst mit ihr meine. Der nächste Gedanke schmerzt zutiefst, sie denkt, dass ich ein Mörder bin.

»Sie haben Melanie auf mich angesetzt und sie dann kaltblütig umgebracht?«, flüstere ich.

»Ich gebe zu, da sind sie mal kurz mit mir durchgegangen. Ich befürchtete, Caro zu verlieren, deshalb musste ich unkonventionell agieren. Jetzt ist sie wieder, da wo ich sie haben will und hält mit voller Überzeugung zur Familie.«

Das Wort Familie lässt mich zucken.

»Familie? Bitte sagen Sie nicht, Carola ist ihre Tochter!«, sage ich atemlos.

»Nicht direkt.« Gedankenversunken blickt sie auf die

weiße Wand und spricht weiter: »Sie ist die Tochter meines schwulen Ehemanns. Er hat sie mit in die Ehe gebracht. In meinen Kreisen ist es wichtig, ein tadelloses Leben zu präsentieren und dazu gehört eine intakte Ehe. Mein Ehemann und ich haben eine Übereinkunft. Eine Zweckehe. Die Welt in der ich lebe, hat gewisse Standards.«

Sie zündet sich eine weitere Zigarette an, scheint in Redelaune zu sein. »Es war leicht, Caro davon zu überzeugen, sich an dich ranzumachen. Ein paar K.-O.-Tropfen später warst du in sie verliebt und wir hatten dich in der Hand. Sie war am Anfang richtig versessen, über dich an meinen Peiniger zu kommen. Aber die dumme Kuh wurde liebeskrank, warum auch immer.« Sie lacht verächtlich. »Deswegen musste ich handeln und habe Melanie engagiert. Das hat auch wunderbar funktioniert. Dein Messer hat erneut hervorragende Dienste geleistet.«

Sie erzählt das alles, als würde sie ihrer besten Freundin von ihrer letzten Shoppingtour berichten. Mir ist übel. Wenn ich nicht an dieses beschissene Bett fixiert wäre, würde ich sie umbringen. Sie hat uns wie Marionetten tanzen lassen und es hat funktioniert. Sie hat mich nicht nur dazu benutzt an meinen Vater heranzukommen, nein ich werde auch zur Rettung von Sebastian missbraucht. Da sind so viele Lücken, ich verstehe noch gar nichts und will Antworten!

. . .

»Warum hat Sebastian Katrin umgebracht?«

Ihre Antwort zerschmettert den letzten Hoffnungsschimmer, den ich habe, irgendwie aus der ganzen Nummer herauszukommen.

»Mit der Psyche kann man wunderbare Dinge tun.« Sie spricht wie ein Kind, das vom Vergnügungspark erzählt. »Sportler können mithilfe der Psyche ihre Erfolge steigern, Schüler meistern ihre Klausuren leichter und Mütter können ihre Kinder dazu bringen, eine Frau zu töten.« Die letzten Worte flüstert sie euphorisch. Gänsehaut prickelt über meinen Körper.

»Nach jedem Mord kam er zu mir, erzählte mir jedes Detail. Wahrscheinlich wollte er eigentlich mich umbringen und ich hätte es gebilligt. Aber dazu war Sebastian nicht in der Lage. Er ist schwach, genauso armselig wie du. In euren Adern fließt das gleiche primitive Blut. Nur habe ich ihn zu einem erfolgreichen Mann erzogen, nicht zu einem Trottel, wie du es bist.« Die Worte spuckt sie mir entgegen, ihre Augen funkeln und ich erkenne den Hass auf meinen Vater, den sie scheinbar nahtlos auf mich projiziert.

»Ja, ich hatte den Plan, dass Sebastian diese Nutte umbringt, damit ich ihn retten kann und du für seine Schuld büßt. Ich wusste, welche Trigger man bei ihm auslösen muss, damit er Leben auslöscht. Ach, wem erzähl ich das, du warst doch dabei.« Sie lächelt mich verschwörerisch an und ich will um mich schlagen, will, dass sie aufhört, diesen Dreck zu erzählen.

»Mein Gott«, wimmere ich, »das macht doch keine Mutter mit ihrem Kind.«

Sie steht ruckartig auf. »Kann sein mein Junge, aber

eine Mutter fickt ja auch nicht mit ihrem Sohn, wenn sie Lust darauf hat.«

Ihre Worte explodieren in meinem Hirn. Was hat sie mit Sebastian getrieben? Plötzlich fühle ich Mitleid mit ihm. Er ist ein verdammter Mörder, aber auch ein Opfer. Ihr Opfer. Und was bin ich für sie?

Am Fußende bleibt sie noch einmal stehen. Sie klatscht in die Hände und sagt: »Genug geplaudert. Serge wird dir deine tägliche Spritze geben. Das Zeug ist noch nicht ausgereift, zugelassen sowieso nicht. Ich hoffe, dass es so wirkt, wie ich es mir vorstelle, damit ich dich aus meinem Kopf streichen kann. Muss mir langsam wieder normale Lebensumstände schaffen, die Woche war ganz schön aufreibend.«

Mit offenen Mund schaue ich ihr hinterher. Kann ihre Worte nicht verarbeiten. Sie ist scheinbar noch nicht fertig, dreht sich auf dem Weg hinaus um und sagt: »Ich habe nachgedacht, wer mir jetzt noch gefährlich werden könnte, da ist mir nur eine Person eingefallen.«

Sie macht eine Pause und ich bekomme Panik, weil ich Angst habe, dass sie geht und mich im Ungewissen zurücklässt. Wen könnte sie meinen? Denke nach, zerfasere in der Ideenlosigkeit meiner Gedanken.

Sie blickt mich an, lächelt und sagt: »Ich weiß nicht ob

heute oder morgen, aber ich werde deiner Mutter einen Besuch abstatten.«

Dann geht sie. Der Schrei den ich ausstoßen will, bleibt mir im Hals stecken. Viel Zeit zum Nachdenken bleibt mir nicht, denn schon steht Serge neben mir und zückt die Spritze.

Ich muss sie warnen, ist das Letzte, das ich denke, bevor mir der Mantel der Dunkelheit übergestreift wird.

32

Krokodile. Sie tanzen wie Kobolde durch meine Träume. Sie ängstigen mich nicht mehr, weil die Realität grauenvoller als jeder Albtraum ist. Schlimmer quälen mich meine Gedanken, wenn die Medikamente nicht mehr wirken und ich in das Chaos, zu dem sich mein Leben entwickelt hat, zurückgeschleudert werde. Wenn die letzten Worte von Neschlin in mein Bewusstsein schießen und wie eine kaputte Schallplatte wieder und wieder abgespielt werden.

Ich werde deiner Mutter einen Besuch abstatten.

Muss hier raus! Zermartere mir den Kopf, wie ich sie warnen kann. Bald werde ich hier nur noch sabbernd vor mich hinsiechen. Die lichten Momente werden rarer, Neschlin gewinnt immer mehr Land bei der Schlacht um meinen Verstand. Aber noch steht es unentschieden.

. . .

Dumpf kauere ich im Speiseraum der Residenz für unschuldige Mörder und trinke den letzten Schluck Frühstückskaffee. Ich nehme an, dass Vormittag ist, die Marmelade und Brötchen sprechen dafür. Diese Klinik ist zeitlos, bisher habe ich keine Uhr entdeckt und mein Zeitgefühl existiert nicht mehr. Eine gute Sache gibt es, ich werde nicht mehr ans Bett gefesselt und darf einige Male am Tag das Zimmer verlassen.

Die Wirkung der Spritzen spüre ich intensiv. Manchmal fühle ich mich selbst nicht mehr, als wäre ich eine leere Hülle und einen Moment später erfasst mich eine Klarheit, die kaum auszuhalten ist. Neschlin, der Schwester und ihrem Aufpasser spiele ich vor, dass ich völlig neben mir stehe. Vielleicht werden sie nachlässig und ich finde eine Möglichkeit hier rauszukommen.

Gesprächsfetzen von draußen dringen an mein Ohr und ich schrecke hoch. Als ich die Stimme erkenne, die sich lauthals mit Schwester Kerstin unterhält, packt mich Freude.

»Sie wissen schon, wer meine Mutter ist?«, höre ich Caro brüllen.

»Wenn Sie hier weiterarbeiten wollen, lassen Sie mich sofort zu Herrn Ender.«

Die Tür steht einen Spalt offen, aber die Schwester lässt sich nicht ohne weiteres überrennen.

»Ich habe die Anweisung niemanden hereinzulassen.

Ohne Ausnahmen«, sagt sie entschieden und vermutlich lächelt sie Caro genauso dämlich an, wie mich jeden Tag.

»Pass auf du Schnepfe, sehe ich etwa aus wie Niemand? Nimm deine Griffel von mir, sonst lernst du mich kennen!«

Diese Worte haben Wirkung. Die Tür springt auf.

»Ich werde die Frau Doktor kontaktieren«, höre ich die Schwester aus der Ferne.

»Ja, fick dich!«

Caro steht im Türrahmen und ihr eben noch gerötetes Gesicht wird blass. »Babe, was haben die mit dir gemacht?«, schluchzt sie und Tränen kullern über ihr wunderschönes Gesicht. Wir umarmen uns und ich spüre meinen Körper wieder. Schmerz vermischt mit Freude. Sie zieht mich zu einen der Tische. Wir sitzen uns gegenüber und in meinem Inneren wechseln sich Glücksgefühle mit Zweifeln ab. Sie blickt mich an und ich fühle etwas, das mich wie eine Umarmung berührt. Aber in die Freude mischen sich weitere Gefühle. Ich will ihr nah sein und sie gleichzeitig rausschmeißen, sie hat mich belogen. Alles Lügen.

»Rick ich ...« Sie führt den Satz nicht zu Ende, greift nach meiner Hand und beginnet von vorn: »Ich weiß nicht, wo ich anfangen soll. Ehrlich gesagt bleibt auch keine Zeit für Erklärungen. Die blöde Kuh wird Charlotte bereits aktiviert haben. Mir bleiben schätzungsweise 45 Minuten, bis sie mich persönlich rausschmeißen kommt.« Sie holt nochmal tief Luft und drückt meine Hand.

»Ich habe dir so viel zu sagen«, setzt sie an.

»Bevor du weiter redest«, unterbreche ich sie, »musst du mir unbedingt einen Gefallen tun.« Mir bleibt nichts anderes übrig, als ihr zu vertrauen.

»Jeden den du willst«, sagt sie und streichelt über meine Wange.

»Du musst zu meiner Mutter, du musst sie warnen. Schreib dir die Adresse auf. Du musst sofort hin, sie ist in großer Gefahr, wenn es nicht schon zu spät ist«, sage ich atemlos, weil die Angst mir die Luft abschnürt.

»Rick, beruhige dich! Deine Mutter ist in Sicherheit«, sagt sie und nimmt mein Gesicht in ihre Hände, damit ich aus meiner Panik erwache.

»Aber du weißt nicht, wo sie wohnt«, stammel ich.

»Doch! Einige Bilder, die du bei mir gefunden hast, haben wir aus ihrer Wohnung.« Schlagartig wird mir wieder bewusst, dass Caro eine der Hauptfiguren in dieser beschissenen Geschichte ist. Ich ziehe meine Hände aus ihren.

»Ich soll dich von ihr grüßen und es tut ihr sehr leid.«

Fragend sehe ich Caro an. »Was tut ihr leid? Das Sie mir nie von ihm erzählt hat? Dafür bin ich dankbar, ich hätte gerne auf die Begegnung mit ihm verzichtet.«

»Nein Rick. Sie hat deinen Vater angerufen, als du die Bilder gefunden hast«, sagt sie leise.

»Sie hat diesen Scheißkerl angerufen? Warum macht sie so einen Mist? «

»Rick, wir haben keine Zeit. Dein Vater und sie hatten

eine Abmachung, dass sie ihn kontaktieren soll, wenn etwas Außergewöhnliches los ist, bevor er untergetaucht ist. Und als du plötzlich mit seinem Bild ankamst, da haben bei ihr die Alarmglocken geschrillt. Er hat ihr damals gedroht dich zu töten, wenn sie ihn nicht warnt. Der Knabe war in Dinge verwickelt, von denen du nichts wissen willst. Sie wollte dich schützen.«

Kann sie nur anstarren, während ich versuche, die Informationen zu verdauen. Untergetaucht? Er wollte mich umbringen, wenn meine Mutter nicht pariert? Was für ein Dreckskerl war er?

Caro kramt in ihrer Handtasche, holt eine Packung Taschentücher hervor und legt sie vor mir auf den Tisch. Sie blickt mich eindringlich an, senkt ihre Stimme zu einem Flüstern: »Hör mir bitte genau zu! Ich hole dich hier raus. Wir befinden uns in einem alten Gutshaus. Das ganze Gehöft besteht insgesamt aus drei Häusern. Hier ist alles im Aufbau. Die beiden anderen Gebäude müssen erst ausgebaut werden, im Moment sind es Ruinen. Der Abschnitt, in dem wir uns aufhalten, ist verbunden mit einem der leerstehenden Objekte. Du kommst ungesehen über den Dachboden in das zweite Haus. Da gehst du dann die Treppe wieder runter, es gibt dort keine verschlossenen Türen. Sei vorsichtig, ich weiß nicht wie stabil das alte Gemäuer ist. Wenn du unten aus der Haustür herauskommst, gehst du geradeaus. Das Grundstück ist nur von einem Bauzaun umgeben, da kommst du locker durch.«

Sie holt Luft, wischt sich über den Mund und greift wieder nach meiner Hand.

»Geh immer weiter geradeaus und du findest das Auto, das ich dir dort hinstelle. Ein alter, blauer Käfer. Den Schlüssel lege ich auf den linken Vorderreifen. Fahr sofort nachhause. Da bist du erstmal sicher. Ich melde mich bei dir.« Stille.

»Rick. Heute Nacht!« Sie umklammert meine Hand, ich kann den Blick nicht von ihrem lösen. Ihre Stimme, ihre Nähe. Es hört sich, nach *alles wird gut* an. Doch ich habe so viele Fragen. Weiß sie das von Sebastian? Hat die Polizei meinen Vater gefunden? Denken die, dass ich dafür verantwortlich bin? Warum bin ich dann hier und nicht im Gefängnis?

»Toller Plan«, sage ich resigniert und fühle mich, als wäre ich durch ihre Worte kurz in dieser anderen Welt gewesen. Im Land der Fantasie.

»Wie soll ich aus dem Zimmer kommen? Es ist dauerhaft verschlossen.« Sie lächelt und blickt auf die Taschentücher. Es braucht gefühlt eine Ewigkeit, bis ich ihren Hinweis verstehe.

»Gut«, sage ich skeptisch, »dann bin ich draußen und schaffe es vielleicht auch, zuhause anzukommen. Wie geht es weiter?«, sage ich und erkenne, dass sie auf diese Frage keine Antwort hat. Der Kritiker in mir pocht wie irre an meine Stirn und brüllt:

Wo kommt denn plötzlich ihr Sinneswandel her? Glaube ihr kein Wort!

»Ich weiß nicht, was ich davon halten soll. Du tauchst hier auf mit einem Fluchtplan und ich soll dir das alles glauben? Womöglich ist das ein weiterer Teil eurer Verschwörung, mich für die Taten meines Vaters büßen zu lassen?«

Ich beobachte ihre Reaktion. Der Zorn, den ich mit meinen Worten aufgebaut hatte, fällt wie ein verbrannter Holzscheit in sich zusammen. Tränen fließen in immer kürzeren Abständen über ihr Gesicht.

»Es tut mir so leid Rick.« Sie versucht krampfhaft, ein Schluchzen zu unterdrücken. Es ist zu spät. Wie eine aufbrechende Felswand, die dem Druck des Wassers nicht mehr standhält, brechen ihre Gefühle heraus.

»Ich habe einen riesen Fehler gemacht. Mir ist klar, dass du das kaum glauben kannst. Rick, ich liebe dich! Unsere erste Begegnung war nicht zufällig, ja das ist wahr, aber ich kann es nicht mehr ändern. Doch es hat sich etwas entwickelt zwischen uns. Ich habe dich näher kennengelernt, obwohl es nur Tage waren. Meine Gefühle für dich haben mich aus der Bahn geworfen.«

Sie macht eine Pause und wischt mit dem Handrücken über die Tränenspur. In meinen Gedanken erscheinen die Worte von Neschlin.

Wahrscheinlich war sie flüchtig in dich verliebt.

»Die Geschichte, die mir Charlotte erzählte, hat mich so mit Hass erfüllt, dass ich nicht mehr in der Lage war klar und logisch zu denken. Durch dich konnte sie endlich ihren Peiniger finden. Und ich bin ihr blindlings gefolgt. Je länger ich dich kannte, desto weniger überzeugt war ich von ihrem Plan. Was kannst du für die Grausamkeiten deines Erzeugers? Nichts! Das ist mir klar geworden.«

Während sie spricht, spüre ich eine Last von ihr abfallen. Ihr Blick wird weicher, sie lehnt sich zu mir und ich beginne ihr zu glauben.

»Ich habe händeringend versucht, sie umzustimmen, ihr die Sinnlosigkeit ihres Tuns vor Augen gehalten. Ich hatte keine Chance, ihre Mauer aus Hass zu durchbrechen. Nicht ein einziger Stein bröckelte ab.«

Während sie mir die ganze Geschichte zu erklären versucht, wird mir klar, dass Carola nicht weiß, was Neschlin vorhat und das sie keinen Schimmer von Sebastians Taten hat.

»Was war in der Nacht, als ich mich zu dir flüchtete? Warum hast du mir da nicht alles erzählt, warum hast du mich ins offene Messer rennen lassen? Wo war da deine Liebe?«, frage ich sie spöttisch.

Sie blickt mich verletzt an. »Ich war so überfordert von den Dingen, die du gesagt hast, vor allem das über Sebastian. Du hast dich wie ein Wahnsinniger aufgeführt, dass ich mich kurz gefragt habe, in wen ich mich da verliebt habe. Aber meine Schuldgefühle wurden so stark, dass ich hinunter ging, um deinem Verfolger klarzumachen, dass ich aus diesem Komplott aussteige. Ich kannte den Kerl nicht, er zwang mich, mit ihm mit zu kommen. Ich hatte keine Chance mehr dich zu warnen.«

. . .

Sie tut mir leid. Wie es scheint, war Caro eine weitere Marionette von Neschlin, wie der Rest von uns.

»Du weißt nicht, was mit Sebastian los ist?«, frage ich sie vorsichtig.

Sie schaut mich fragend an. »Meinst du das mit Katrin oder wie die Frau richtig heißt? Auch die war angeheuert. Neschlin wollte dich so fertig machen, dass du bei ihr in der Praxis landest. Dr. Bergmann, deinen Hausarzt, hatte sie mit irgendetwas in der Hand. Der sollte dich zu ihr überweisen. Sebastian hat niemanden umgebracht. Dazu ist der doch überhaupt nicht fähig. Das haben sie dir alles vorgespielt und du hast die Inszenierung abgekauft. Die Frau sollte untertauchen, damit du denkst, sie sei tot.«

Wieder wischt sie sich Tränen aus dem Gesicht.

»Caro. Du weißt es ehrlich nicht?« Ich stocke. Wie soll ich es ihr schonend erklären?

»Sebastian hat diese Frau wirklich umgebracht.«

Sie schüttelt ungläubig den Kopf.

»Und wenn ich den Worten seiner Mutter glauben schenken kann, war sie nicht die Einzige.«

Caro sackt zusammen. »Was redest du da?«, fragt sie halbherzig.

»Warum? Er kann doch nicht …« Sie wirkt geschockt. Sehe ihr an, wie sie versucht, diese Information zu verarbeiten und wie das ihre eigene Wahrnehmung verändert. Sie schüttelt den Kopf, presst ihre Hand vor den Mund, um nicht zu schreien. Minutenlang schweigen wir uns an. Lege meinen Arm um ihren zitternden Körper, möchte sie in diesem Moment festhalten.

Nachdem sie sich etwas gefasst hat, beugt sie sich über den Tisch zu mir, dass unsere Gesichter sich fast berühren, und spricht mit belegter Stimme: »Du musst selbst entscheiden, was du machen willst Rick. Ich liebe dich und das werde ich immer tun, auch wenn du mich nach allem, was geschehen ist, hasst.«

Sehe sie an und erkenne Entschlossenheit in ihren Augen. »Rick, du musst hier raus. Das ist die einzige Chance, dich aus diesem perfiden Plan zu befreien. Wenn sie dich offiziell zu einem Geisteskranken gebrandmarkt hat, ist es zu spät. Dann verrottest du hier. Das mit Sebastian habe ich wirklich nicht gewusst. Was ich aber weiß, sie wird alles für ihren Sohn tun. Sie wird nichts unversucht lassen, dir die gesamte Scheiße in die Schuhe zu schieben. Sie hat ein gewaltiges Netzwerk, kann sämtliche gesetzlichen Hürden umgehen. Diese Frau ist gefährlicher, als du es dir vorstellen kannst.«

»Ok Caro, ich haue ab und alles klappt so, wie du dir das vorstellst. Was dann Caro? Verdammt, was dann?«

Sie weiß es ebenso wenig wie ich, blickt ratlos ins Nichts. Im nächsten Moment geht ein Ruck durch ihren Körper, als hätte sie die zündende Idee.

»Rick, ich weiß es nicht. Noch nicht. Ich weiß nur, du musst hier raus. Diese Nacht. Bis morgen früh um 6:00 Uhr bist du erstmal sicher in deiner Wohnung. Bis dahin weiß ich, wie es weiter geht. Ich muss mit ihr reden, ich werde sie wach rütteln. Dein Vater ist tot, sie hat ihre Rache gehabt. Sie muss zur Vernunft kommen!«

»Caro, sie hat mir alles von Sebastian erzählt, sie kann mich nicht gehen lassen. Sie ist eine Mutter, die ihr Kind schützen will, dagegen kommst du nicht an. Sie hat es zu weit getrieben, es ist ihr aus den Händen gerutscht. Ich bin der Sündenbock.«

Sie drückt mir einen Finger beschwichtigend auf den Mund.

»Wenn ich sie nicht zur Einsicht bringen kann, gehe ich zur Polizei und erzähle die ganze Geschichte, egal ob ich mich selbst damit belaste. Ich ...« Weiter kommt sie nicht.

»Sie ist bei ihm.« Höre ich die Schwester sagen und dann steht der Aufpasser in der Tür. Caro zwinkert mir ein *wir schaffen das* zu. Sie erhebt sich, geht wortlos davon und niemand hält sie auf.

Die Schwester begleitet mich auf mein Zimmer. Als wir vor der Fahrstuhltür stehen, trifft mich der Schlag. Ohne ein Wort drehe ich mich ruckartig um und renne zurück zum Speisezimmer.

»Herr Ender, was soll das?«, brüllt mir die Krankenschwester entrüstet hinterher. Renne weiter und rufe: »Ich habe etwas vergessen!« Reiße die Tür auf und schaue panisch zum Tisch, an dem wir gerade noch saßen. Der Schreck fährt mir in die Glieder, als ich erkenne, dass er leer ist. Laufe trotzdem hin und flüstere: »Gott nein, das darf nicht wahr sein!«

. . .

Bin kurz davor mich aufzulösen. Als ich das Möbel erreicht habe, fall ich auf die Knie, geneigt gleich richtig durchzudrehen, und dann sehe ich sie auf der Erde liegen. Die Taschentücher von Caro. Die Schlüssel, die mich aus den Klauen von Neschlin bringen werden.

33

Atme tief ein, dann trete ich an die Tür. Lausche. Nichts. Der Schlüssel klebt in meiner Hand. Zitternd löse ich ihn von der nassen Haut. Mein ganzer Körper schlottert so stark, dass ich ihn nicht in das Schloss bekomme. Halte inne und horche. Die Stille brüllt mich an endlich aufzuschließen.

Mit der anderen Hand versuche ich, das Zittern zu bändigen. Überlaut gleitet der Schlüssel hinein. Ich lausche erneut. Niemand scheint noch auf den Fluren unterwegs zu sein. Drehe ihn um. Klack. Es geht erstaunlich leicht. Die Tür bewegt sich. Eiskalte Luft weht mir entgegen. Muss meine Nerven in den Griff kriegen. Mehr als einen Spalt traue ich mich nicht, die Tür zu öffnen. Abermals horche ich in die Stille hinein. Nichts. Ausatmen, sonst zerfetzt mich die angehaltene Luft.

Los Rick! Geräuschlos ziehe ich den Schlüssel heraus und stoße die Tür auf. Der Flur wird nur von Notlichtlampen erhellt. Diffuses Licht schlängelt sich an der Decke entlang. Eine Lampe gibt das Licht weiter an die Nächste wie den Stab bei einem Staffellauf. Orientiere mich. Ok, nicht den Fahrstuhl benutzen. Statt links Richtung Fahrstuhl schleiche ich nach rechts. Taste mich langsam voran. Darf kein Geräusch erzeugen.

Ein leuchtendes Fluchtschild weist mir den Weg. Erreiche die Treppe und erkenne, was Caro meinte. Die Umgebung gleicht einer Ruine, die seit Ewigkeiten nicht mehr betreten wurde. Vertrauenserweckend sehen die Stufen nicht aus.

Plötzlich fällt mir eine Begebenheit aus meiner Jugend ein. Damals war ich mit Sebastian in einem der heruntergekommenen Häuser, die es zuhauf im Prenzlauer Berg gab. Wir malten uns aus, dass wir dort verstecktes Geld finden würden, suchten wie verrückt herum, rissen altes Mobiliar auseinander. Wir waren total besessen von der Idee ein Vermögen zu finden, bis Sebastian vor meinen Augen in die morschen Dielen einbrach. Außer ein paar Schrammen und kaputter Kleidung blieb nichts über von diesem Ereignis, nur dass uns die Lust verging, nach verborgenen Schätzen zu suchen.

Bei jedem Schritt knarzt die Treppe unheilvoll. Bleibe stehen und horche. Es knarrt, obwohl ich mich nicht bewege. Eine dunkle Ahnung jagt durch meine Gedanken. Drehe mich langsam um. Die Ahnung wird Realität. Serge, der Schrank hat sich hinter mir aufgebaut, die

Hände in die Hüften gestemmt. Wir starren uns an. Normalerweise würden mir zig Optionen durch den Kopf gehen. Heute wo es darauf ankommt, bin ich leer. Scheiße. Alles umsonst. Ich weiß nicht mal, ob der Typ sprechen kann. Er sieht mich emotionslos an und sagt: »Das ist die falsche Treppe. Der nächste Aufgang führt auf den Dachboden.«

Er dreht sich um und geht. Einfach so, wie eine Geistererscheinung. Fassungslos schaue ich ihm hinterher, unfähig mich zu bewegen. Völlig sinnfrei flüstere ich: »Danke, Serge.« Keine Zeit, mir darüber Gedanken zu machen, warum er mich ziehen lässt.

Diese Treppe liegt absolut im Dunkeln, kann mich nur etappenweise nach vorne tasten. Immer wenn ich denke, ich habe die Tür erreicht, erwarten mich weitere Stufen. Schleiche durch die Finsternis, bis ich unvermittelt in die Luft trete, den Halt verliere und auf die Knie falle. Ein stechender Schmerz durchdringt meinen Körper. Brülle zu laut: »Scheiße«, und könnte mich ohrfeigen, weil ich bereits vor der Tür stehe. Der Eingang zum Boden. Mein Herz rast, während ich nach dem Schlüssel suche. Wo ist er?

Das kann nicht wahr sein. Habe ich ihn verloren? Nochmal taste ich mich ab. Wühle in meinen Taschen und bekomme Panik. Mit einer Hand stütze ich mich an der Wand ab, um Atem zu holen, fasse in etwas Klebriges und möchte kurz eskalieren. Wo versteckst du dich, Scheißding? Krame in den unmöglichsten Ritzen meiner Klamotten. Der Schlüssel zur Freiheit bleibt verschwunden. Muss zurück und ihn suchen, aber im Dunkeln finde ich ihn nie.

Rick, denk nach.

Gehe die Treppe wieder runter und taste jede Stufe ab. Nein, das bringt es nicht, verbrennt kostbare Zeit. Einer Eingebung folgend ziehe ich Schuhe und Socken aus und erkunde mit meinen nackten Füßen den Untergrund. Stufe für Stufe. Bitte, ich muss hier raus! Da! Etwas pikst mich unter meiner Fußsohle. Bücke mich und fühle die Zacken auf dem Metall. Erleichtert atme ich aus. Mache kehrt und bewege mich, so schnell es die Dunkelheit und meine ungeschützten Füße zulassen, Richtung Dachboden. Taste auf der obersten Stufe nach der Türklinke und drücke sie herunter. Die Tür schwingt auf, ich stolpere über die Schwelle und stürze polternd zu Boden.

Dunkelheit. Keine Notlichter. Was gäbe ich für eine Taschenlampe. Nicht die Orientierung verlieren. Mit dem Rücken zur Tür versuche ich, mich ohne Umwege nach vorne zu tasten. Bei jedem Schritt knarrt der Boden.

Wie spät mag es sein? Hoffe, ich habe nicht zu viel Zeit verloren. Ein Geräusch. Erstarre. Da ist etwas. Direkt vor mir. Meine Sinne sind wach. Jeder Hauch wird in meinen Ohren zum Sturm. Da war eine Bewegung vor mir, ich bin mir sicher. Gehe weiter. Da! Diesmal näher. Eine Ratte? Das Geräusch klingt eher nach etwas Größerem. Ein Waschbär? Das muss einer sein. Hat mir gerade noch gefehlt.

Unbewusst ducke ich mich, als könnte mich das Tier

nicht sehen, wenn ich mich klein mache. In dieser Haltung schleiche ich weiter. Langsam. Schritt für Schritt. Den linken Arm halte ich vor mich ausgestreckt, wie der Blinde seinen Blindenstock. Die rechte Hand habe ich zur Faust geballt, halte den Arm so, dass ich sofort zuschlagen kann. Weiter. Linkes Bein. Rechtes Bein. Linkes.

Plötzlich hält mich etwas fest. Verliere die Balance und stürze. Versuche, mich mit der rechten Hand abzufangen. Fehler. Ein stechender Schmerz fährt vom Handgelenk bis direkt zwischen meine Augen. Blöke wie ein Schaf und spüre, dass mich immer noch etwas festhält.

Vergesse das Handgelenk und will mich abstützen, um mich aufzurichten. Fehler Nummer zwei. Erneut durchwogt mich ein furchtbarer Schmerz. Winde mich auf die andere Seite, stütze mich mit der anderen Hand ab und versuche, das, was mich festhält, wegzustoßen. Es hängt fest. Mit einer Hand kann ich nicht Weiterrobben. Sammle alle Kraft zusammen und trete zu.

Ein Schrei.

Nicht von mir glaube ich. Wie zum Beweis höre ich: »Bist du bescheuert? Ich schlage dir die Zähne aus dem Maul!«

Bevor ich einen klaren Gedanken fassen kann, stürzt sich etwas Stinkendes auf mich. Mit der gesunden Hand versuche ich, das schwere Ding von mir zu schieben. Keine Chance. Eine Mischung aus Alkohol, Schweiß und Zigarettenrauch nimmt mir den Atem. Direkt vor meinem Gesicht sagt jemand: »Verpiss dich hier, du Arsch. Ich war als Erster hier. Such dir woanders einen Schlafplatz!«

Ein Obdachloser? Ich rolle mich unter dem Typen zur Seite.

»Man, ich will hier nicht pennen. Ich will hier raus, du Blödmann.«

Da sich meine Augen allmählich an die Dunkelheit gewöhnt haben, kann ich die Konturen des Mannes erkennen. Ich versuche aufzustehen, ohne mein ramponiertes Handgelenk allzu sehr zu belasten. Endlich stehe ich. Habe die Orientierung verloren und spüre, dass mein Herz wie ein durchdrehender Zeitmesser in meiner Brust trommelt und mir zubrüllt. *Raus hier! Sofort.*

Reiße mich zusammen und spreche ihn verträglicher an: »He Kumpel, ich will hier weg und du willst deine Ruhe. Kannst du mir sagen, wo ich hier raus komme?«

Er steht auf. »Da durch die Tür.«

»Ähm, nehme an, du zeigst mir gerade die Richtung, aber ich kann dich nicht besonders gut sehen.«

»Man, dreh dich einfach um und öffne die Tür!«

Verdutzt tue ich, was er sagt und tatsächlich, ich stehe direkt vor ihr. Ich ertaste die Klinke und drücke sie herunter. Wieder eiskalte Luft. Fühle mich kurz vorm Durchdrehen. Ich schaffe es. Verdammt, ich komm hier raus.

»Danke Kumpel«, sage ich und befinde mich auf der Treppe nach unten. Durch die Fenster fällt blasses Mondlicht und ich laufe die Stufen rasch hinunter. Jetzt nur noch raus!

Die Tür. Will sie schon übermütig aufreißen. Aber dann hält mich etwas zurück. Kenne mein Glück, keine

Aktion ohne Komplikationen. Meine Intuition trügt nicht. Draußen höre ich Stimmen. Hinter der Tür unterhalten sich ein paar Typen. Verstehe kein Wort. Presse mein Ohr an die klebrige Holztür, halte den Atem an.

»Der stand vollkommen frei und semmelt das Ding drei Meter neben das Tor. So ein Pisser. Verdient in einer Woche so viel wie ich im ganzen Jahr und baut so eine Scheiße. Reine Arbeitsverweigerung.«

»Hör bloß auf mit Geld«, sagt eine zweite Stimme. »Meine Ex war wieder da und hat mir in die Tasche gegriffen.«

»Alter, wie oft habe ich dir gesagt, du sollst der Schlampe den Geldhahn abdrehen. Was denkt die denn, was du beim Sicherheitsdienst verdienst? Die Weiber haben doch alle einen an der Klatsche. Prost.«

Vernehme das Klirren zweier aneinanderschlagender Flaschen. Einen Moment ist Stille, die durch lautstarkes Rülpsen durchbrochen wird.

Caros Plan war leider nicht bis aufs Letzte durchdacht. Von wegen hier ist niemand. Neschlin hat für ihre Bruchbude einen Sicherheitsdienst engagiert. Was mache ich jetzt? Neben der Tür entdecke ich ein größeres Loch im Mauerwerk, schleiche hin und versuche einen Blick nach draußen zu erhaschen. Zwei dickbäuchige Kerle in Uniformen, die ihnen drei Nummern zu klein sind. Die beiden bieten so viel Sicherheit, wie ein durchlöchertes Kondom. Stehen wie festgewachsen da und verbessern die Welt mit ihrem Gesülze. Muss ich wirklich warten bis Dick und Doof sich endlich auf den Weg machen? Die müssen doch sicher ihre Runden um das Gebäude drehen.

Blicke mich um. Das muss mal eine Empfangshalle oder Ähnliches gewesen sein. Ein Riesensaal, vollkommen leer bis auf eine Kommode auf der anderen Seite der Tür. Zermartere mir das Hirn, ob ich etwas tun kann, um hier rauszukommen. Die Zeit läuft.

Draußen ein Knacken, dann ein Rauschen. Funkgeräte.

»Gerd bitte kommen«, tönt es aus dem Gerät.

»Man was will der Klops von mir?«, mault einer von beiden.

»Ja, Gerd hier.«

»Ist Freddie auch bei dir?«

»Logo, wir sind siamesische Zwillinge.« Ein versoffenes rauchiges Lachen erklingt.

»Was macht ihr gerade?«

»Wir halten uns gegenseitig den Schniedel. Was sollen wir schon machen? Wir drehen unsere Runden, um diese hässliche Ruine vor was auch immer zu beschützen.«

»Sehr komisch. Geht mal in Gebäude zwei und guckt da nach dem Rechten. Nicht, dass sich da wieder einer dieser Penner aufhält, wie neulich.«

Scheiße! Die wollen nicht im Ernst hier rein? Schweiß bricht mir aus, obwohl es eiskalt ist. Was mach ich jetzt?

»Eye, eye Sir«, sagt Gerd und hebt grinsend den Mittelfinger.

»Los Freddie, austrinken und dann gucken wir mal nach dem Rechten.«

»Oder auch nach dem Linken«, antwortet Freddie und bricht in schallendes Gelächter aus. Scherzkeks.

Springe zur Kommode und kauere mich neben dem Möbel zusammen. Kann gerade noch meinen Kopf einziehen, da öffnet sich die Tür mit einem lauten Knarren. Schweiß tropft in meine Augen und ich widerstehe dem Drang, über mein Gesicht zu wischen.

Die Lichter ihrer Taschenlampen tanzen durch den Saal. Sie stehen an der Tür, leuchten alles ab und marschieren los. Halte die Luft an.

Sie lachen, reißen derbe Witze und ich hoffe, sie sind zu betrunken und unmotiviert, um gründlich hinzuschauen. Sie stehen genau neben mir und ich lehne mich ein Stück nach vorn, damit sie mich nicht entdecken können. Muss Luft holen, verdammt. Schwitze wie ein Schwein und habe die Befürchtung, dass sie mich riechen.

Plötzlich ein Knall. Zucken kollektiv zusammen. Ich nutze die allgemeine Verwirrung, um wieder zu Atem zu kommen. Die nur angelehnte Tür ist aufgesprungen und gegen die Hauswand gedonnert.

»Haben die für heute einen Sturm angesagt? Alter, ich habe mir in die Hosen gemacht«, sagt Freddie feixend.

»Ja, das rieche ich«, antwortet Gerd. Und wieder brechen sie in dämliches Gelächter aus.

»Komm Gerd wir gehen hoch und gucken kurz, ob da

ein Penner ist. Danach brauche ich auf den Schreck erstmal was zu trinken.« Beide stiefeln zur Treppe.

Als sie außer Sichtweite sind, renne ich los. Immer geradeaus, so wie es Caro gesagt hatte. Stemme mich gegen den Wind, der mich umschmeißen will. Ständig muss ich gegen irgendwas ankämpfen, so langsam reicht es mir. Drehe mich nicht mehr um und stürme Richtung Bauzaun.

Habe das Gefühl beobachtet zu werden.

Der Zaun ist nur in Betonsteine eingesteckt, so dass ich ihn ohne Anstrengung an einer Seite herausziehen kann. Stecke ihn zurück und renne weiter geradeaus. Da steht er, der blaue Käfer. Mein Herz macht einen Satz. Kann nicht glauben, dass mir das wirklich gelingt, mich niemand aufhält und wieder ans Bett fesselt.

Der Schlüssel befindet sich auf dem linken Reifen, so wie es Carola gesagt hatte. Reiße die Tür auf, steige ein und merke erst jetzt, dass mein ganzer Körper vor Anspannung vibriert. Zwinge mich, tief einzuatmen und die Luft langsam entweichen zu lassen.

Jetzt ab nachhause.

Drehe den Schlüssel. Nichts. Kein Ton gibt die Karre von sich. Drehe nochmal. Tot. Versuche es mehrmals hintereinander, aber es rührt sich nichts. Denk nach, Rick! Ein Automatikauto. Der Knüppel steht auf P. Ich stelle ihn auf N. Nichts passiert. Schlage auf das Lenkrad und könnte schreien.

Mir fällt der Obdachlose ein. Was, wenn er den Sicherheitstypen erzählt, dass da noch ein anderer war? Dann habe ich Freddie und Gerd am Hals. Ganz toll. Ich schaue auf die Tankanzeige. Voll. Was verdammt, mache ich falsch? Blicke mich im Wagen um. Muss ich die Motorhaube öffnen? Batterie im Eimer? Wie lange steht die Karre hier? Vielleicht war ein Marder am Werk? Könnte heulen. Bis hierher lief es doch einigermaßen und nun sitze ich in diesem blöden Käfer fest.

Plötzlich fällt mir etwas ein. Die Rettung! Es ist ein Automatikauto und lässt sich nur starten, wenn man auf der Bremse steht. Lache. Drücke den Fuß auf die Bremse, drehe den Schlüssel und der Motor erwacht zum Leben. Das schönste Geräusch, was ich seit langem gehört habe. Ich stelle auf D, gebe so viel Gas, dass die Räder kurz durchdrehen, so wie alles an mir. Und fahre. Trotz der Kälte kurbel ich das Fahrerfenster herunter. Der eisige Wind in meinem Gesicht sagt mir überdeutlich, das ich lebe. Bin frei.

Was? Hier bin ich schon? Bin wie ferngesteuert durch die Straßen gefahren. Ehe ich mich versehe, biege ich in die Redusstraße ein. Bekomme einen Schreck, dass ich das ohne nachzudenken gemacht habe. Dabei hatte ich die Vision, hier auf ein dutzend Polizeiwagen zu treffen. Die Uhr im Cockpit zeigt, dass es genau 1:00 Uhr ist. Die Straße ist menschenleer. Hier wartet niemand auf mich. Bevor ich aussteige scanne ich die Umgebung erneut ab. Wirklich keiner unterwegs.

Beim Aussteigen trifft mich eine ungute Erkenntnis. Ich

habe keinen Schlüssel. Nein! Nein! Nein! Alles überwunden, den Drachen niedergebügelt und jetzt scheitert es an einem Schlüssel? Ein kleines rotes Notlämpchen geht in meinem Kopf an. Vielleicht hat Caro mitgedacht und die Schlüssel hier deponiert? Mein Herz fängt wieder an zu klopfen. Bitte. Bitte. Steige zurück ins Auto, öffne das Handschuhfach und mein Schlüsselbund zwinkert mir zu. »Oh Caro, verdammtes Teufelsweib! Du bist unglaublich!«, flüstere ich und greife den Schlüssel wie ein Verhungernder ein Stück Brot.

Erledigt, aber glücklich laufe ich die Treppenstufen hoch, stehe vor meiner Tür und würde sie am liebsten küssen. Endlich zuhause. Drinnen lehne ich mich an die Wand und verschnaufe kurz, gehe ins Bad und trinke erstmal literweise Wasser aus dem Hahn. Nehme den Zahnputzbecher, fülle ihn und gehe ins Wohnzimmer. Sollte das Licht auslassen. Nein, ich will mich an meinem Wohnzimmer ergötzen und schalte es mit einem Klick an. Das Wasser fällt aus meiner Hand.

»Da bist du ja!«, sagt Sebastian. Er sitzt auf einem Sessel und deutet mit der Waffe in seiner Hand auf die Couch. »Setz dich Rick, wir müssen reden.«

34

Wir starren uns an, wie zwei Kontrahenten in einem Sergio Leone Western. Fehlt nur, dass Sebastian die Mundharmonika rausholt und das Lied vom Tod spielt. »Wo habt ihr neuerdings alle die Waffen her? Gab es die im Schlussverkauf?«

Ein verzweifelter Versuch, die aufgeladene Situation zu entschärfen. Eben dachte ich, das Glück ist mir mal hold und schon winke ich der Euphorie meiner gelungenen Flucht hinterher.

Setze mich auf das Sofa. Mir gegenüber mein bester Freund und Bruder, ein Serienkiller, der mit geladener Waffe auf mich zielt. Sebastian bleibt stumm. Er scheint nachzudenken. Eigentlich eine gute Gelegenheit, ihn in Action-Film-Manier zu überwältigen und entwaffnen. Na klar, Rick, der Actionheld. Obwohl ich in die Mündung schaue, verspüre ich keine Angst. Wehmut überkommt mich, wenn ich darüber nachdenke, was aus unserer Freundschaft geworden ist.

Basti bricht das Schweigen: »Hast du wenigstens was zu trinken da?«

Sebastian, wie er leibt und lebt.

»Ja«, sage ich trocken.

»Du weißt, was ich meine? Nicht dieses Pussy-Gesöff. Ich brauche ein richtiges Männergetränk.«

»Du meinst so einen Drink, mit dem man seinen besten Freund handlungsunfähig machen kann? Davon ist bestimmt noch was da.«

Keine Antwort, er verdreht nur die Augen.

Ich stehe auf. Sofort richtet er die Waffe auf mich, nach dem Motto *ich verstehe keinen Spaß.*

»Darf ich an den Schrank treten? Ich bin sowieso zu blöd, dir die Waffe abzunehmen. Du kennst mich doch«, sage ich sarkastisch.

»Oh ja«, sagt er verächtlich.

»Und trotzdem wäre ich an deiner Stelle vorsichtig mit deinen Bewegungen. Du weißt, zu was ich fähig bin.«

Mein *Oh ja* spreche ich nicht aus.

Sebastian, der Serienkiller möchte jetzt gerne mit mir trinken. Ich schüttel den Kopf und gehe zum Schrank, in dem ich eine Flasche Wodka vermute. Drehe mich mit der Flasche in der Hand um und stehe direkt hinter ihm. Ein kurzes Zittern bebt durch den Arm, der die Flasche hält. Ich könnte sie ihm einfach über den Schädel schlagen.

Könnte. Ich gehe an ihm vorbei und halte ihm die Flasche hin.

»Ist das was für richtige Männer?«

Er rollt mit den Augen. »Hui, der Rick hat ja ein Edeltröpfchen. Habe ich dir garantiert mal geschenkt. Ich muss sagen, ich habe einen guten Geschmack«, sagt er und lächelt affig.

»Soll ich dir ein Glas holen?«, frage ich ihn, bevor ich mich auf die Couch setze.

»Wahrscheinlich nicht«, sage ich mehr zu mir selbst, »richtige Kerle trinken aus der Pulle, ist schon klar.«

»Ach Ricksi«, sagt er nur, während er sie umständlich öffnet, da er die Waffe nicht aus der Hand legt. Er nimmt einen großen Schluck. Mir wird übel, wenn ich daran denke, was mit mir passieren würde, wenn ich die Flasche so ansetzen würde.

»Wirklich gutes Zeug«, murmelt er und betrachtet das Etikett. Die Ruhe vor dem Sturm? Ein Waffenstillstand. Wohin soll das führen? Trinkt er sich Mut an, um seinen nächsten Mord zu begehen?

Während Basti die Flasche anstarrt, betrachte ich ihn. Seine Augen sind von Schatten umgeben und ein ungepflegter Dreitagebart bedeckt seine Wangen. Es ist nichts mehr da, von seinem *»ich bin immer gut drauf Gesicht«*. Die Klamotten sehen aus, als hätte er sie mehrere Tage nicht gewechselt. Er bemerkt, dass ich ihn beobachte und sieht mich an. Sein Blick ist nicht auf Konfrontationskurs. Er leckt sich über die trockenen Lippen. »Du fragst dich, warum ich hier bin. Woher ich wusste, dass du aus der Klinik meiner Mutter abhauen wirst. Weshalb ich dir mit einer Kanone gegenüber sitze.«

Er nimmt erneut einen riesigen Schluck aus der Flasche.

»Was soll ich mich fragen? Sehe einen Typen vor mir, den ich jahrelang angehimmelt habe, bevor ich mitansehen musste, wie er einer Frau die Kehle durchgeschnitten hat. Und dann erfuhr, dass er mit seiner Mutter schläft und zu allem Übel auch noch mein Bruder ist.« Den letzten Satz sage ich mehr zu mir selbst.

»Halt deine Fresse, Rick! Du hast überhaupt keine Ahnung. Machst einen auf Moralapostel. Willst auch mal den Coolen spielen?!«

Der Alkohol wirkt schon.

»Ich spiele überhaupt nichts.«

Seine Augen flackern. Ihm den Wodka zu geben war falsch. Die nächsten Sätze bekommt er nicht mehr ohne zu Lallen aus dem Mund: »Meinst du, ich weiß nicht wie man das Ding benutzt?« Er fuchtelt mit der Waffe herum. »Denkst du, ich traue mich nicht, dir das Licht auszupusten? Wenn du das glaubst, dann bist du falsch gewickelt mein Freund.«

Ich reagiere nicht auf seine Provokation. Irgendwie bin ich leer. Die Ereignisse der letzten Tage haben eine Spur der Verwüstung in meinem Inneren hinterlassen. Vielleicht sollte ich Angst haben, ich fühle nichts als Traurigkeit.

. . .

Plötzlich springt er auf, drückt mir die Waffe an den Kopf und ich höre das Klicken, als er die Waffe entsichert. In seinen Augen spiegelt sich totale Verzweiflung. Es ist seltsam, ich bleibe ruhig. Er dreht die Waffe an meiner Stirn hin und her, presst sie in meine Haut.

»Das tut weh Sebastian«, sage ich genervt.

»Soll es ja auch!«, faucht er mich an und stößt mich mit solch einer Wucht von sich, dass ich mit der Couch nach hinten rutsche.

»Hättest du mal früher angefangen mit deiner Coolness. Zu spät, Ricksi! Dir muss doch klar sein, dass ich dich nicht am Leben lassen kann.«

Ich antworte nicht. Das würde ihn nur aggressiver machen. Er greift sich die Flasche und lehnt sich wieder zurück. Die Hand mit der Waffe legt er auf seinen Schoss. Während er mich anstiert, reibt er die Flasche über sein Gesicht.

Auf einmal fängt er an zu reden. Sein Blick geht an mir vorbei, als wäre da ein Teleprompter, von dem er abliest, was er mir sagen will.

»Wenn meine Mutter nicht immer für mich da gewesen wäre, dann wäre ich längst da gelandet, wo du grad herkommst. Sie hat mir ausnahmslos alles verziehen.« Sein Blick wird dunkel, als er weiterspricht: »All die Scheiße, die ich gebaut habe und das war eine ganze Menge, sie war für mich da. Ich kann mich nicht erinnern, dass sie auch nur einmal sauer auf mich war.«

. . .

Er trinkt wieder, verzieht sein Gesicht zu einer Grimasse, zielt abermals mit der Pistole auf mich und schreit: »Deine Drecksfamilie ist daran Schuld! Ich werde euch alle auslöschen! Ihr werdet dafür büßen, was ihr meiner Mutter angetan habt!« Speichelfetzen fliegen aus seinem Mund, seine Brust hebt und senkt sich schnell. Es fällt ihm zusehends schwerer, die Pistole auf mich zu richten. Der Blick aus seinen blutunterlaufenen Augen erschüttert mich.

»Nicht unsere Familie hat ihr das angetan, es war mein Vater. Unser Vater. Einzig er ist der Schuldige und er hat seine Strafe bekommen. Was spielst du dich hier überhaupt so auf? Du hast vor meinen Augen eine unschuldige Frau umgebracht. Bin ich zur Polizei gegangen? Ich werde es auch jetzt nicht tun. Das sage ich nicht, weil du mich sonst abknallst. Die Einzige, die mir wirklich Angst macht, ist deine Mutter. Siehst du nicht, was sie aus dir gemacht hat?«

Halte inne.

Das Eis ist dünn, auf dem ich mich bewege, aber ich muss es ihm sagen: »Es ist schrecklich, was er ihr angetan hat, keine Frage. Wie lange will sie das noch als Deckmantel für ihr abartiges Tun benutzen? Du bist ihr nichts schuldig. Oder meinst du, dafür, dass sie dich deckt, stehst du für zeitlebens in ihrer Schuld? Wach auf Sebastian, sie treibt dich zu diesen Morden. Sie hat geplant, dass du Katrin tötest. Sie hat es mir selbst erklärt, wie sie dich aus dem Hintergrund steuert. Sie lenkt dich wie eine Marionette.« Ich atme kurz durch, rücke ihm entgegen und sage: »Du bist mein Bruder. Meine Familie.«

. . .

Er reißt die Augen auf und springt hoch. Er kann sich kaum halten, schwankt wie ein junger Baum im Sturm und versucht, weiter auf mich zu zielen. Auch ich stehe jetzt, drehe mich um und gehe mit langsamen Schritten Richtung Wohnzimmertür. »Was erzählst du für eine Scheiße? Bleib stehen, sonst knalle ich dich ab!«, brüllt er.

Ich gehe weiter, ziehe instinktiv die Schultern ein. Ein Schuss fällt und ich erwarte Schmerz. Nichts. Entweder er hat nur einen Warnschuss abgegeben oder er hat mich verfehlt. Er ist gefährlich, weil er betrunken ist, die Kontrolle verliert. Keine gute Idee den Helden zu spielen. Drehe mich um, gehe langsam zurück und setze mich auf die Couch.

»Was sollte das? Habe ich dir gesagt, du kannst gehen?«, kläfft er mich an.

Blicke an die Decke. Was soll ich ihm noch sagen?

»Machst du einen auf hart oder was? Sonst scheißt du dir bei jedem Furz in die Hose.«

Ein Klingeln und Donnern an der Wohnungstür lässt ihn verstummen. Ich höre Gezeter und Geschrei und ahne, wer dafür verantwortlich ist. Obwohl ich nur Wortfetzen höre, bin ich mir sicher, dass es meine Nachbarin von unten ist.

»Ich hole die Polizei, ich habe die Schnauze gestrichen voll.«

»Hol doch die Polizei, du blöde Schlampe«, brüllt Sebastian und schießt in die Decke. Aus dem Loch rieselt Putz, wie aus einer grauen Wunde. Dann lässt er sich in den Sessel fallen und fängt an zu weinen. Niemals seit ich ihn kenne, sah ich ihn weinen. Damit kann ich nicht umgehen.

Er beginnt mit sich selbst zu sprechen oder einer imaginären Person: »Ich kann nichts dafür. Ich bin doch ganz normal. Wie jeder andere, oder?«

Er sieht mich hilfesuchend an, die Tränen laufen über sein Gesicht.

»Du machst dir was vor, Sebastian«, sage ich behutsam.

»Es tut mir so leid. Manche Frauen bringen mich zur Weißglut. Wenn sie sich wie Mutter verhalten, mich auslachen, nicht für voll nehmen.« Er schluchzt und ich kann es kaum mitansehen.

»Sebastian, eigentlich willst du doch deine Mutter umbringen. Die armen Frauen büßen für den Scheiß, den sie verzapft hat. Das muss aufhören! Du musst dich stellen. Das bist du den Hinterbliebenen schuldig und das ist deine einzige Möglichkeit aus den Klauen deiner Mutter zu fliehen.« Mir gefallen die Worte, die ich ausspreche selber nicht.

Er trinkt wieder einen Schluck, die Flasche ist nur noch halb voll. Dann flüstert er: »Als ich dich kennengelernt habe, wurde es besser. Unsere Freundschaft tat mir gut, lenkte mich ab. Wir haben viele tolle Sachen erlebt, oder?« Er blickt mich wehmütig an. »Oder?«

»Ja, wir waren schon ein lustiges Gespann.« Ich versuche zu lächeln. Das erbärmlichste Lächeln der Welt.

»Wir kriegen das wieder hin«, sage ich und glaube mir selbst nicht.

Sebastian fängt an zu lachen. Falsch. Hysterisch. »Indem ich in den Knast wandere? Du hast gar nichts verstanden, ich liebe meine Mutter über alles!«

Er bricht ab und schließt die Augen. »Rick?«

»Ja.«

»Ist das nicht irre, wir sind Brüder.« In seinem glasigen Blick liegt etwas Unbeschreibliches. Schmerz und Freude, vielleicht Unglauben?

»Ja, ist es«, sage ich und könnte heulen.

Wie ein kleines Kind schaukelt er hin und her in seinem Sessel und fängt ganz leise an zu singen. Den Song von Henry Valentino. Unser Lied.

»Im Wagen vor mir fährt ein junges Mädchen. Sie fährt allein und sie scheint hübsch zu sein. Ich weiß nicht ihren Namen und ich kenne nicht ihr Ziel. Ich merke nur, sie fährt mit viel Gefühl.«

Jetzt strömen die Tränen wie eine geplatzte Wasserleitung über mein Gesicht, stimme ein und wir singen zusammen:

»Rada rada radadada rada rada radadada«

Wieder Stille. Eine Stille, in der wir etwas Unumstößliches fühlen. Wir sind Freunde. Wir sind Brüder. Das wird sich nie ändern.

. . .

»Geh!« Sebastian wischt sich die Tränen ab. »Geh zu Caro und werde glücklich mit ihr. Ehrlich, ihr passt zusammen. Ihr kriegt das gemeinsam hin!«

Bin zu bewegt, kann mich nicht rühren und bleibe sitzen. Ich fühle, wie die dunkelsten Wolken über uns aufziehen. So finster, wie ich sie nie wieder sehen möchte in meinem Leben.

»Rick, nutze diesen Moment und geh, bevor ich es mir anders überlege. Auch wenn Mutter dagegen ist, ich gebe dich frei. Werde glücklich. Mach endlich was aus deinem jämmerlichen Leben. Selbst, wenn es schwer wird ohne mich, du Blödmann.« Er versucht zu lächeln. Ein sehr kläglicher Versuch.

»Ich lasse dich jetzt nicht allein«, sage ich, fest entschlossen zu bleiben.

»Doch, das wirst du! Ich habe einen Brief bei meinem Anwalt Dr. Litzow hinterlegt. Darin gestehe ich alles und beteuere, dass du mit allem nichts zu tun hast.«

Er kramt in der Innenseite seines Jacketts und zieht mein japanisches Messer und ein Handy heraus. Legt es vor sich auf den Tisch. »Das hatte Mutter hier bei dir versteckt. Aber irgendwann muss auch mal gut sein.«

Basti lehnt sich nach vorn, blickt mich friedfertig an. »Rick, es war toll mit dir, mein kleiner Ostbruder, aber jetzt musst du gehen. Geh jetzt! Hau schon ab!«

. . .

Ich stehe wie ferngesteuert auf. Schaue ihn noch einmal an. Präge mir diesen Moment in allen Facetten ein. »Ich liebe dich«, sage ich, drehe mich um und gehe. Meine Knie zittern, die Tränen hören nicht mehr auf zu fließen.

Bevor ich die Haustür schließe, vernehme ich die Stimme von Sebastian. »Mutter?«

Pause.

»Ich bin soweit.«

Ziehe die Tür hinter mir zu, gehe einen Schritt in den Hausflur und fühle mich wie gelähmt. Keine Ahnung, wie lange dieser Zustand mich gefangen hielt.

Plötzlich fällt ein Schuss.

Stille hüllt mich ein, hüllt mich ein in ein Nichts.

Stille.

35

Sechs Monate später.

»Ach Rick, bitte.« Caro krault mein Haar. Zupft an meinem Ohr. »Steh jetzt endlich auf. Wir wollten zusammen frühstücken. Die Sonne scheint!«

Ich brumme, strecke mich.

»Rick.« Sie zieht das I ganz lang. »Ich kann dich auch Kitzeln, bis du aus dem Bett fällst.«

Ich drehe mich zu ihr und fühle ein ausgelassenes Gemenge aus Schmetterlingen und Flugzeugen in meinem Bauch, das einen irrwitzigen Tumult in mir verursacht. Sie sieht so verdammt gut aus.

»Wehe«, sage ich und springe auf. Wir küssen uns. Könnte ewig so weitermachen. Sie stößt mich lachend weg. »Mach dich frisch und komm auf den Balkon.«

»Ja, Frau Feldwebel!«, gebe ich mich geschlagen und latsche gähnend ins Bad.

. . .

Gestern habe ich Abschied von Sebastian genommen. Man kann nicht mal davon sprechen, dass die Trauerfeier im kleinen Kreis stattgefunden hat. Außer dem Pfarrer waren nur Caro und ich da. Nicht einmal seine Mutter, die ihn doch so abgöttisch geliebt hat, war anwesend. Niemand weiß, wo sie ist. Einfach vom Erdboden verschluckt. Wahrscheinlich ist sie dorthin verschwunden, wo sie herkam, in die Hölle.

Mir hat die kleine Zeremonie gutgetan, wie mir auch mein Spiegelbild bestätigt. Nach all den Verhören der Polizei hat das endlich alles ein Ende genommen.

Er fehlt mir. Und das, obwohl er einen Abgang veranstaltet hat, an dem ich lange zu knabbern haben werde. Nicht, dass es unerträglich gewesen ist, dass er sich in meiner Wohnung erschossen hat, er hat vorher ein Feuer gelegt und mich damit vor die Trümmer meines Lebens gestellt. Nichts ist übrig geblieben, auch von seiner Leiche nicht, die bis auf die Knochen verbrannt ist.

Jetzt lebe ich bei Caro in ihrer süßen kleinen Bleibe und es ist alles so, wie ich es mir immer gewünscht habe. Innerhalb kürzester Zeit ist mein Leben aus den Fugen geraten und, auch wenn das komisch klingt, da allerhand haarsträubende Sachen passiert sind, bin ich heute glücklicher als jemals zuvor.

. . .

Mit meiner Mutter konnte ich endlich über die Vergangenheit sprechen, ich habe meinen leiblichen Vater kennengelernt, auch wenn das ein Thema für sich ist. Ich habe erfahren, dass ich in Sebastian nicht nur meinen besten Freund, sondern auch einen Bruder hatte. Sein Tod fühlt sich wie eine Wunde an, die nie mehr heilen wird und auf eine Art möchte ich das auch gar nicht.

Zu meinem großen Glück habe ich eine Frau an meiner Seite, die ich liebe und mit der ich den Rest meines, vielleicht gar nicht so jämmerlichen Lebens, verbringen möchte. Die Erlebnisse haben mich verändert und stärker gemacht.

So gerne würde ich jetzt mit Sebastian zusammen sein und ihm alles erzählen. An manchen Tagen will ich ihn anrufen und dann fällt mir ein, dass er nicht mehr da ist.

Als ich auf den Balkon trete, spüre ich, wie die Sonne meine Batterien auflädt, als würde meine Haut aus Solarzellen bestehen. Ich sauge den Anblick von Caro, des gedeckten Tisches und der strahlenden Sonne in mich auf, wie ein Schwamm. Setze mich hin.

»Wir müssen heute unbedingt noch einmal shoppen gehen, mit den wenigen Sachen in meinem Kleiderschrank wirds allmählich peinlich«, sage ich und trinke einen Schluck vom heißen Kaffee. Caro nickt zustimmend und köpft ihr Frühstücksei.

Mein Blick fällt auf die Tageszeitung, die zwischen den Brötchen und der Marmelade liegt. Meine Augen heften sich an eine Überschrift.

~ Drei Frauenmorde in Berlin finden endlich Aufklärung ~

Ich nehme die Zeitung und lese den Artikel.

Eine Reihe von ungelösten Morden beschäftigte seit Jahren die Polizei und versetzte die Bevölkerung Berlins in Angst. Es handelt sich um drei Frauen im Alter zwischen 21 und 32 Jahren, die, nach Stand der Ermittlungen vom gleichen Täter ermordet wurden. Durch einen anonymen Hinweis fand die Kriminalpolizei die Überreste des Mörders in der Wohnung eines Bekannten, die er in Brand setzte und sich anschließend selbst richtete. Wie sich herausstellte, hinterließ der Täter ein umfassendes Geständnis in Form eines Briefes, das er zuvor bei einem Anwalt hinterlegte. Niemand in seinem Umfeld hat geahnt, dass der angesehene Angestellte eines großen Bankhauses ein Frauenmörder ist. Eines der schlimmsten Verbrechen der letzten Jahre ist endlich aufgeklärt.

Ich falte die Zeitung zusammen, lege sie wieder zurück zwischen den Brotaufstrich und die Brötchen. Schließe die Augen und rufe das gespeicherte Bild unserer letzten gemeinsamen Momente in meiner Erinnerung auf.

. . .

Machs gut. Wir sehen uns irgendwann einmal wieder. Mein Bruder.

Mein bester Freund.

EPILOG

8358 Kilometer entfernt in einem anderen Land, auf einer anderen Terrasse, auf einem anderen Tisch, die gleiche Zeitung. Eine Frau mit kurzen schwarzen Haaren saugt genussvoll an ihrem Strohhalm, der in einem aufwendig dekorierten Cocktail steckt. Sie schaut zu dem Mann, der ihr gegenüber am Tisch sitzt.

»Hast du schon die Zeitung gelesen?«

Der Angesprochene erwacht aus dem Halbschlaf, schiebt seine Designersonnenbrille in sein Haar und schüttelt den Kopf.

»Na dann lies mal!« Sie lehnt sich zurück und rückt ihren Strohhut so zurecht, dass er ihr Gesicht unter seinem Schatten versteckt.

Sebastian runzelt die Stirn und greift nach der Zeitung. Liest und nippt immer wieder an seinem bernsteinfarbigen Drink. Bei jedem Schluck erklingt ein heller Ton, wenn die Eiswürfel zusammenstoßen.

Als er fertig gelesen hat, wirft er die Zeitung zurück auf den Tisch und schiebt sich die Sonnenbrille über seine Augen.

»Wie hast du es eigentlich hinbekommen, dass man deine DNA gefunden hat?«

»Dafür musste mein geliebter Vater herhalten.«

Neschlin schnalzt mit der Zunge. »Keine schlechte Idee mein Junge. Könnte von mir sein.«

Ohne sie anzusehen sagt er. »War sie aber nicht. Es war meine Idee. Und jetzt habe ich Hunger.«

Neschlin grinst und sagt: »Dann sollten wir was essen gehen.«

Beide bleiben entspannt sitzen.

Sebastian hält sein Glas in die Luft und prostet einer imaginären Person zu.

Auf dich, mein kleiner Ostbruder, mein bester Freund.

Ende

DANKSAGUNG

Wenn Sie bis hierhergekommen sind, dann haben Sie meinen Debüt-Psychothriller tatsächlich bis zum Ende gelesen. Dafür möchte ich Ihnen von ganzem Herzen danken.

Dass ich jetzt hier eine Danksagung schreibe, ist schon der Hammer, denn alles hat bei mir mit einer Danksagung von **Sebastian Fitzek** angefangen. Seine Worte haben mich inspiriert, selbst einen Psychothriller zu schreiben.

Und hier ist er nun.

Mein größter Dank gebührt meiner Frau Antje. Ich gebe zu, ich bin faul, das musste sie nun schon 36 Jahre ertragen, aber während ich angefangen habe zu schreiben, hat das noch schlimmere Formen angenommen. Als Selfpublisher mit einem Hauptjob konnte ich diesen Traum nur leben, weil meine Frau alles von mir ferngehalten hat, was mich vom Schreiben hätte abbringen können. Dafür danke ich dir so sehr. Leider kann ich dir nicht versprechen, dass es in nächster Zeit anders werden wird.

Cookie, dir verdanke ich, nicht aufgegeben zu haben. Du hast mir geholfen, meine Zweifel und Dämonen (ganz gefährliche und große Monster) zu besiegen. Du hast an mich geglaubt, obwohl du mich kaum kanntest. Ich verneige mich vor dir und bin dir auf Lebzeiten dafür dankbar.

Ich danke allen Testlesern. Ganz besonders Tanja und Dieter. Ihr habt mitgeholfen, dass meine Geschichte halbwegs glaubwürdig wird. Mit eurem Urteil habt ihr mich motiviert. Also Danke und ich hoffe, ihr seid bei meinen nächsten Thriller wieder dabei. Ich will es unbedingt.

Mein nächster Dank geht an Frau Teufel und ihrem Korrektorat, das sie irgendwie kurzfristig in ihr Leben quetschen musste. Ich habe mich sehr darüber gefreut, dass du das so schnell und unkompliziert durchführen konntest. Aber du weißt, jetzt musst du das für immer machen.

Ein besonderer Dank geht an Dennis, meinem besten Freund. Du hast mich nicht nur inspiriert, diese Idee zu haben, auch du hast immer an mich geglaubt. Du bist ja einer der größten Fitzek-Fans und ich hoffe, ich konnte dir auch ein paar spannende Lesestunden bereiten.

ÜBER DEN AUTOR

Was wäre wenn? Das ist die erste Frage, die sich der Autor stellt, bevor er einen neuen Thriller anfängt. So ist es auch bei seinem Debüt *Der beste Freund* gewesen.

Was wäre, wenn ich meinen besten Freund bei einem Mord überraschen würde?

Die Beantwortung dieser Frage wird eine Tortur für den Protagonisten und der Leser ist hautnah dabei.

Roy Jacoby wurde 1966 in Berlin geboren. Von Kindheit an war er kreativ unterwegs. Er sang in einem Chor, versuchte sich als Magier und war Mitglied einer Theatergruppe. Statt dann Schauspieler zu werden, wurde er Dreher, obwohl er handwerklich eine vollkommene Niete war. Nach 10 Jahren Busfahrer bei der BVG hatte er endgültig die Schnauze voll und ging in die IT.

Im Juli 2018 las er eine von Sebastian Fitzeks Danksagungen und fand viele Parallelen zu sich selbst. Vor allem seine Frau stachelte ihn an, doch mal selber einen Thriller zu schreiben. Das tat er dann auch, die Idee zum Psychothriller *Der beste Freund* war geboren. Als er dann

Die Falle von Melanie Raabe las, war es um ihn geschehen. So wollte er auch schreiben.

Das wird er jetzt bis zu seinem Lebensende tun, SCHREIBEN.

facebook.com/autorroyjacoby

twitter.com/RoyJacobyPsycho

instagram.com/royjacobyautor

Printed in Poland
by Amazon Fulfillment
Poland Sp. z o.o., Wrocław

58178788R00143